三毛猫ホームズの安息日

赤川次郎

三毛猫ホームズの安息日　目次

1　当りくじ

この事件の教訓を、警視庁捜査一課の刑事、片山義太郎《かたやまよしたろう》に訊《き》いたとしたら、

「慣れないことはするもんじゃない」

と答えただろう。

たったこれだけの教訓を得るために、片山はずいぶんと面倒なことに出くわさなくてはならなかったのである。いや、片山義太郎だけではない。その妹の晴美《はるみ》、石津《いしづ》刑事、そして、片山家の主とも言うべき、三毛猫のホームズもまた……。

それはまあ、こんな具合に、一人の女の叫び声から始まった――。

「いやだ！」

唐突なその叫び声は、机に向ってウトウトしていた片山義太郎の目を覚まさせるのに充分な迫力を持っていた。

捜査一課の課長、栗原《くりはら》警視の秘書をつとめている辻信子《つじのぶこ》は、もともと声が大きい。音楽

学校で声楽をやっていたというだけあって、体格も堂々たるものだったが、普段の話し声からして、そばにいるとズンとお腹の底にまで響くと言われていた。

就職先をどう間違えたのか、栗原の秘書などやっているわけだが、たまにカラオケに行ったりすると、マイクなしで店中に響き渡る声を出して、その実力を知らしめている。

二十一歳という、この若い女の子が、片山のすぐ後ろで、

「いやだ!」

と、大きな声を上げたのである。

片山がどんなに深い眠りに入っていたとしても、そこから引張り上げられたに違いない。

「何だ?」

と、顔を上げて栗原がジロッと片山をにらみ、「おい、片山。その子のお尻《しり》にでも触ったんじゃないだろうな」

片山はムッとして、

「そんなこと、僕がすると思いますか!」

と言い返した。

「そうか。そう言えばお前は今眠っとったからな。眠りながら女の子のお尻を撫でるなんて芸当はできんだろう」

一課の中にドッと笑いが起った。片山としても、抗議するわけにもいかず、

「どうして叫んだんだい？」

と、辻信子に訊くしかなかったのである。

「あら、私、叫んだりしませんよ」

と、辻信子は不思議そうな顔で、「普通にびっくりしたんです」

「あ、そう」

「でもびっくりしますよね、宝くじで百万円も当ったら」

片山は笑って、

「そりゃそうだろうね」

と言った。「当れば、だろ？」

「当ったんです」

と、辻信子は新聞をヒラヒラさせて、「だからびっくりしたんですよ」

一瞬捜査一課の中がシンと静まり返った。

「――辻君」

と、栗原が言った。「それは……いつも君がお金を集めて買ってるやつかね？」

「ええ、そうです。バッチリ、百万円！　大当り！」

と、辻信子が飛びはねたので、床が振動したようだった。

「――おい、本当かよ！」

「俺も出してるんだ！」

と、あちこちで声が上った。

片山も、辻信子が、捜査一課の中の十人からお金を集め、毎回宝くじを買っているのは知っていた。片山自身はその十人の中に加わっていなかったのであるが。

「十人で山分け！　一人十万円か」

と、早くもニヤニヤしている者もいる。「女房にゃ内緒だ」

「おい！　今夜飲みに行こう」

「金が入ってからにしろよ」

と、周囲で笑いが起きた。

栗原がエヘンと咳《せき》払いして、

「辻君……。それは間違いないのかね？」

と言った。「番号の見間違いということは――」

「絶対大丈夫です！」

辻信子が請け合って、「ほらね」

と、新聞を栗原へ見せ、

「この券です。――ほら、ナンバーが下四桁《けた》0051……。合ってるでしょ？」

「――確かだ」

栗原も頬を紅潮させている。

そうか。課長も、いつも宝くじの十人の中に入ってたんだな、と片山は思った。なかなかこづかいも自由にはいかないらしいから、嬉《うれ》しいだろう。

もっとも、捜査一課の課長が、宝くじで十万円儲《もう》けたからといって、躍り上って喜ぶというわけにもいかないだろうが。

「いや、買ってみるもんだな」

と、栗原はニコニコして、「辻君、早速換金して来たまえ。外出届は出さんでもいい」

「はい!」

と、辻信子は喜び勇んで出かけようとしたが……。

ふと足を止めると、

「課長さん」

と、栗原の机の前まで戻って行く。

「何だ?」

「あの……この宝くじ買ったとき、課長さんは——たぶん出張されてたんだと思いますけど」

栗原の顔から笑みが消えた。

「——出張?」

「ええ。九人しかいなくて、どうしようか、って話したの、憶《おぼ》えてるんです」

他の誰かも、

「ああ、そうだった」

と言い出した。「誰か課長の代りに千円出せよ、とか言って」

「うん、そうか。誰だっけ、あのとき代りに金出したの」

やや沈黙があって、辻信子が、

「片山さんだ！」

と、大きな声を出したので、また片山は仰天した。

「――おい、何のことだい？」

「忘れちゃったんですか？　片山さんしか席にいなくて。『片山さん、課長さんの代りに出して下さいよ』って私が言ったら、片山さん、『僕はクジ運がないんだけど、いいの？』って言って」

片山は、何となくおぼろげではあったが、そんなこともあったかな、と思った。

「そうだったかもしれないね。でも――あのときの？」

「ええ、そうなんです」

しかし……。片山は、一気に絶望の底に沈んで行く栗原の顔を見ていると、そう単純に喜べないのだった。

「でも……課長の代りだったんだから。ね、課長。出した分――千円だけいただきますよ。課長が賞金を受け取るべきですよね」

と、片山は軽い口調で言ったのだったが……。

「――片山」

と、栗原は言った。

「はあ」

「お前にあわれみをかけられるほど、俺は困って見えるか？」

「いえ……。もちろん、そんなつもりじゃ――」

「俺はな、部下が幸運に恵まれて喜ぶのを見て、妬《ねた》んだりするほど心の狭い人間じゃないつもりだ」

「も、もちろんです」

「それなら、十万円はお前が受け取れ。お前の出した金で買った宝くじなんだから。いや、いつもいつも、当らないかな、と思っていると当らん。どうでもいいと思っていれば、却《かえ》って当ったりする。人生ってのは、そんなものなんだ」

言葉は悟りの境地にあるように聞こえるが、そう言っている栗原の表情は引きつっていて（当人は笑みを浮かべているつもりだったろうが）、みんな何となく目をそらしてしまうのだった。

「さ、辻君。行って来たまえ」

と、栗原は手を振って言った。「片山、何も遠慮しなくていいぞ。俺は、ちっとも気にしてないからな」

「はあ……」

片山は、いっそ百万円なんか当ってくれなきゃ良かった、と思った……。


「――十万円？」

と、晴美は訊《き》き返して、「十円じゃなくて？」

「十円当って、何するっていうんだ」

と、片山はお茶漬をかっ込んで、「どうしたもんかな」

「本当に当ったの、十万円」

と、晴美は目をパチクリさせて、「へえ。でも――十億円ならともかく、十万円じゃマンションも買えない」

「当り前だろ」

「ニャー」

と、ホームズが鳴いた。

「はい、ホームズ」

と、晴美がアジの干物を焼いたのを皿にのせて出してやる。「熱いわよ。——でも、栗原さんが気の毒だったわね」

片山兄妹《きょうだい》のアパート。夕食の席に石津刑事の姿がないが、同居しているわけではないのだから、そうそういつも一緒ということはないのである。

ホームズは、ハフハフといいながら、アジに取り組んでいる。

「課長の落ち込み方を見てると、とてもじゃないけど喜んでなんかいられない」

と、片山は渋い顔で言った。「何とか、課長を納得させられないかな」

「半々にしたら？　五万円だって、おこづかいとしちゃ、ないよりずいぶんましでしょ？」

「だめだよ。課長が、いらないと言うに決ってるさ」

「そうか……。難しいわね。栗原さんを傷つけないように……」

「気をつかってると思われたら、また傷つくだろうしな」

と、片山はため息をついて、「何せデリケートなんだ、うちの課長は」

——二人が頭をひねっている間に、ホームズの方はさっさとアジを食べ終え、奥の部屋へ行って、片山たちへ背を向けてせっせと顔を前肢《まえあし》でこすり始めた。食後の「洗顔」である。

「——仕方ないわね」

と、晴美が言った。

「どうするんだ?」

「パーッと使う」

「何か買うのか」

「そうじゃなくて、何か食べるのがいいんじゃない? それに栗原さんを招待する。——ね、ホームズ、どう思う？」

と、晴美が呼びかけると、ホームズは振り向いて、

「ニャン」

と鳴いたのだった。

「食べる、か」

と、片山は少し考えて、「それなら、後に残らないしな」

「そうよ。何か物を買ったりしたら、いつまでたっても見る度に、栗原さんの恨めしそうな顔を思い浮かべることになるわ」

片山としても、たかが十万円のことで、一生悪夢にうなされるのはごめんだった。

「よし、そうしよう」

と、片山は肯《うなず》いた。

「でも……」

「何か問題があるか？」

「ニャー」

「ねえ、ホームズ。何人で食べるかが問題よ」

「おい……。しかし、石津が来たら、足が出るかもしれないぞ」

「でも、招《よ》ばないでいて、後でそれが分ったら？」

「恨まれるか」

「それですめばいいけど……。ショック死して、化けて出たら？」

石津がお化けになっても、ちっとも怖そうじゃなかったが、それでも片山は多少同情する心というものを持っていた。ただし、自分に、である。

「分ったよ。じゃ、うちの三人と石津、それに課長だ。ちょっと頑張って食べたら、十万円ぐらいすぐだな」

と、片山は言って、「もし――」

「もし？――もし、何なの？」

「何でもない」

と、片山は首を振った。「おい、お茶をくれ」

片山は言おうとしたのである。――もし、食事をして余ったら、俺にくれ、と。

しかし、当てにしていて一円も残らなかったら、と考えると……。頭から期待しないに越したことはない、という結論に達し、言うのをやめたのだった。

夕食の後、晴美は石津に電話して、

「臨時収入があったんで、食事会をしようってことになったんだけど」

と言うと、

「行きます！　たとえ世界の涯《はて》までも！」

石津の大声が、ずっと離れている片山にもよく聞こえた。

「世界の涯で飯が食えるか」

と、片山は呟《つぶや》いた。

「——何をブツブツ言ってるの。ねえ、いつにする？」

と、晴美が送話口を押えて言った。

「うん。一応課長の都合を訊《き》かないとな」

「そうね。でもこっちで何日はどうか、って日を出してあげた方がいいんじゃない？　都合が悪ければ、また考えることにして」

「ああ、そうしよう。俺は……やっぱり週末かな。土曜日でどうだ？」

「そうしましょ。もしもし、石津さん？——ええ、一応土曜日ってことにして、もし変更があったら電話するわ」

と、晴美は言って、「え？——そう。そうね。でも、無理しないで。——ええ、それじゃ、お店は後で。——じゃ」

「何か言ってたか？」

と、片山は新聞を広げて、お茶をすすった。「――〈大学助教授、婚約者を刺殺〉か。どうして婚約してるのに殺すんだ？」

「知らないわよ」

と、晴美は肩をすくめて、「石津さんがね、これから土曜日まで一日一食にする、って」

片山は目をパチクリさせて、

「今日は……木曜日か。じゃ二日だけだ。いや、もう今日の分は三食か四食か食べてるだろうから……。何だ、明日だけじゃないか」

「そうだけど……。一日でも、石津さんが一食にしたら……」

「そうか」

片山は、やっぱり十万円じゃ足りなくなるかもしれない、と不安になって来た。

「おい」

と、片山は言った。「明日にするか？」

「いいわよ、初めから予算を言っとけば。やっぱり土曜日にしましょ」

晴美はそう言って、「ね、ホームズ？」

と、ホームズの方へ念を押した。

2　不幸な家

「土曜日だな」

と、男は言った。「間違いねえな」

「はい」

「それが最後だぜ。もう一日たりと待てねえからな。分ってるな」

「よく……分ってます」

——パパの声は、かすれてよく聞こえなかった。

あずさは、自分の部屋から出て、階段の途中まで下りた所で話を聞いていたので、確かに聞こえにくいのはしようがなかった。

けれども、あの「いやな男」の声は家中に響き渡るくらい大きくて、そのせいであずさはじっとしていられなくて出て来てしまったのである。

それに比べてパパの声は……。「蚊の鳴くような」という言い方を、あずさはこの間読んだ小説の中で覚えたばかりだったが、きっと今のパパの声をそう言うんだろう、と思ったりした。

あずさは、階段にちょこんと腰をおろして、じっと息を殺していた。

「しっ……。じっとして」

と、腕の中に抱きしめたミケに囁《ささや》きかける。

ミケの方も、家の中の、まともでない状態を察しているのか、おとなしくあずさの膝《ひざ》の上に丸くなって、じっとしていた。

「今日が木曜日だ。——明日一日しかないんだぜ」

と、男が楽しそうな口調で言った。「本当に一日で三千万の金ができるんだろうな。ええ?」

憎たらしい言い方! あずさは、聞いていて腹が立ってしようがなかった。

どうしてあんな奴にいばらしとくんだろう? パパったら、腕力だって充分に強いのに、どうしてあいつをやっつけちゃわないんだろ?

あずさは、今にきっとパパが立ち上って、

「出て行け!」

と怒鳴るだろう、と——いや、その前に一発お見舞して、男をノックアウトしちゃうだろうと期待していたのだ。

でも——パパはまだ「おとなしく」していた。いつもあずさのことを、

「少し女の子らしく、おとなしくしてなさい」

と言って叱っているが、自分は男じゃないの。

どうして、そんなに「おとなしく」してるの？　パパ。しっかり！

けれども、次に口をきいたのはパパでなく、ママの方だった。

「土曜日の夜にして下さいませんか」

と、ママはパパよりも少しはっきり聞こえる声で言った。「明日と土曜日の昼ごろ、二回に分けてお金が入ります。お願いですから、どうか土曜日の夜まで時間を下さい」

「お願いします」

と、パパが言い添えた。

「まあ、それならそれで、俺だって無茶を言うつもりはねえよ」

男は上機嫌な様子で、「分るだろ？　俺だって仕事なんだ。これで女房子供を食わしてんだよ。あんたたちと一緒さ。分るだろ？」

「はい、分っています」

と、ママが言った。「申しわけないと思ってます」

「分ってくれりゃいいんだ」

と、男は言って、お茶をすすったようだった。「――ぬるいな。いや、もういれ直してくれなくていいぜ。失礼するからな」

あずさは、ゆっくりと立ち上った。男が居間から出て来たら、あずさが目に入るに違いなかったからだ。

「じゃ、土曜日の晩、十時ってことにしよう。いいな？」

「はい、ありがとうございます」

ママの声は、どこか違う人のもののようだった。

「俺もホッとしたよ。あんたたちはいい人だからな。旦那《だんな》も、うまく立ち回れるってタイプじゃねえし。奥さんはこんだけ美人だから、その気になりゃ、いくらでも稼げるだろうけどな。——ま、そんなこと、ない方がいいのは確かだ。だけど、念を押しとくぜ」

男の声が、また怖くなった。「もし、土曜日に払えなかったり、逃げたり隠れたりしようもんなら——。分ってるな」

「決してそんな……」

「逃げてもむだだぜ。俺たちはしつこいんだ。どこへ逃げても、影みたいにピタッとくっついてくからな。——な、奥さん。あんただって、どこの誰だか分らんような男に抱かれたりするのはいやだろ？」

——沈黙があった。あずさがゾッとするような沈黙だった。

男が低い声で笑うと、

「そう青くなるこたあねえ。ちゃんと金を返してくれりゃ、どっちも万々歳ってもんさ。俺だって、奥さんに働いて返してもらうってことになりゃ、何年もかかる。そんな気の長い話はごめんだからね。――さ、余計な話はいい。ともかく、土曜日にまた来る」

あずさは、そっと階段を上って行った。

男が居間から出て来る。――見られたくない、と思って、却《かえ》って急ごうとしたので、つい腕の中のミケを強く抱きしめてしまった。

「ニャー」

と声を上げて、身をよじるようにすると、ミケはスルッとあずさの腕の中から脱け出してしまった。

「あ!」

と、声を出すと、男が階段を見上げて、タタッと下りて来るミケにちょっとびっくりした。

「何だ!――猫か」

そして、男は階段の上の方にじっと立ち尽くしているあずさを見上げた。

あずさは、男の目が自分のどこを見ているのか気付いた。スカートからスラリと伸びた白い足を見上げているのだ。

「あずさ!」

と、ママが出て来て言った。「お部屋へ入ってなさい!」

「いいじゃないか」

と、頭の半ば禿《は》げたその男は笑って、「心配してんのさ、――大丈夫だぜ、お嬢ちゃん。お前の母さんやお前に稼いでもらわなくてもすみそうだからな」

「あずさ！　上に行ってなさい！」

ママの声は厳しかった。

あずさはタタッと階段を駆け上って、自分の部屋へ飛び込んだ。

心臓が、体中に響くほどの激しさで打っている。――あの男の視線が、何だか自分の足にまとわりついているような気がした。

ベッドに引っくり返る。

――あずさは十四歳だ。中学二年生。

あの男が言ったことの意味――ママやあずさが「稼ぐ」というのがどういうことを言っているのか、分らないわけではない。

今あの男に見られながら、あずさは見も知らぬ男の手で足を撫《な》で回されているような気がしたのである。

暗い天井を、じっと見上げる。

――パパが困っていること、それはあずさも気付いていた。

「何も心配しなくていいのよ」

と、ママは言ってくれたが、そうもいかなかった。

何しろこの一ヵ月ほど、この家には昼も夜もなかったのだ。夜中の三時、四時に突然玄関のドアを壊れそうな勢いで叩《たた》かれて飛び起きたり、日曜日の朝六時から五分おきに電話がかかって来たり……。

速達が毎日届いたりもした。しかも手紙といっても中は白紙。

パパにとっては、それだけではすまなかったらしい。会社にもあの男が押しかけて行って、受付で騒いだりした、と聞かされた。ママもそうだ。買物先のスーパーで、あの男の仲間に絡まれ、近所の奥さんが大勢見ている前で、「金を返せ」と喚《わめ》かれたのだった……。

——パパとママ、そしてあずさの三人は、疲れて、追い詰められていた。

土曜日。

土曜日に三千万円なんてお金、用意できるのかしら？

あずさは、車の音が遠ざかって行くのを、かすかに聞いていた。

そして——少しすると、階段を上って来るスリッパの音がして、

「あずさ」

と、ママがドア越しに、「ちょっと下に来て」

あずさは起き上った。

「おいで。——ミケ、ほら」

と、内海《うつみ》伸広《のぶひろ》は、居間の戸口にチョコンと座った三毛猫へ手を伸した。

本当にてのひらにのるような子猫のころから飼っている猫で、内海にもよくなついているはずだった。もちろん一番可愛がっているのは一人娘のあずさで、ミケを飼うことにしたのも、もともと一人っ子のあずさに「友だち」を、と思ってのことだったのである。

それでも、内海がちょっとじゃらしてやろうとすると、ミケはいつも喜んで飛びついてくる。——いつもなら。

だが、今夜は違っていた。ミケは、何となく内海のことを警戒してでもいるように、大きな目をじっと見開き、内海が手を伸すと、ジリジリと後ずさりさえしたのである。

お前にも分ってるのか。たかが猫のくせに。

内海はちょっと笑った。

「ミケ、こんな所にいると、けとばすよ」

と、あずさが入って来た。「よいしょ」

あずさに抱え上げられると、ミケもおとなしくなって、そのままソファに座ったあずさの膝《ひざ》の上におさまった。

「おい、咲子《さきこ》」

「待って。紅茶でもいれるわ」

「そんなもの——」

と言いかけて、内海は思い直した。

咲子の好きなようにさせてやろう、と思ったのだ。

あずさは、父親と目が合わないようにしている。——十四歳にしては、少しやせっぽちでひよわな感じがするが、小さいころよく病気をして、

「ちゃんと大人になれるのかしら」

と、咲子を心配させたころに比べると、ずっと元気だ。

元気で、大きくなって……。しかし、まさか——まさか、今、こんなことになろうとは。

胃の辺りがねじれるように痛んだ。

またか。覚えのある痛みである。二年前にひどく痛んで、薬で治ったのだが。

でも——もう今さら治すこともない。そうだろう。その点では気が楽だ。

少しはいいこともある。そうでなくちゃな、と内海は思った。

もともと気が弱くて、人に頼まれると、いやと言えない性格である。それがストレスになって、胃をやられる。

生れつきのことで、しようがないと諦《あきら》めてはいるが、まさかこんなことに……。いや、もうグチっても仕方ない。

「——さ、紅茶よ」

と、妻の咲子が盆を手に入って来る。

「ママのウェッジウッド」

と、あずさは言った。

「そうよ。——使ってみたの」

咲子は、もともとおっとりしたお嬢さん育ちである。ティーカップを集めるのが好きで、よく町へ出ると、

「可愛いの、見付けたの！」

と、嬉《うれ》しそうな顔で荷物を抱えて帰って来る。

その咲子が一番大切にして、誰にも触らせなかった——一番高い、ということもある——ウェッジウッドのティーカップ。

「初めてだね、使うの」

と、あずさはちょっとこわごわ受け皿ごと取り上げた。「ちょっと、ミケ。膝から下りてて」

ミケは小さく欠伸《あくび》をして、ストッと床へ下りた。

「いいなあ、猫は呑気《のんき》で」

と、内海伸広は言って、紅茶をそっと飲んだ。「——うん、旨《うま》い」

「フォションの紅茶。いいでしょ？」

と、咲子は微笑んで言った。

咲子の笑顔を久しぶりで見る気がした。あのふっくらとした顔が、今はすっかり頬もこけ、目の下にくまも作っている。

「あずさ」

と、内海は言った。「話がある」

「死ぬのね」

「あずさ――」

と、咲子がドキッとしたように、「どうして……」

「これ、初めて使ったりして。――分るよ」

と、あずさは言った。「お金、返すあてなんかないんでしょ」

内海は、妻とチラッと目を見交わし、

「――すまん」

と言った。「お前に苦労かけたくないんだが」

「パパのせいじゃないのよ」

と、咲子が言った。「ただ――お友だちに頼まれて借金の保証人になったの。昔からのお友だちで、断り切れなくて」

断り切れなくて。――いや、断るべきだったのだ。あのとき、どうして断らなかったのだろう。

いくら友だちだからといって……。万一のことを考えたら、やはり断るべきだったのだ。

「そのお友だちが、お金を借りたまま逃げてしまったの」

と、咲子が言った。「ずいぶん行方を捜したんだけど、見付からなくて。それであんな人がうちの方へ押しかけて来ることになったのよ」

「すまん」

と、内海はもう一度言った。

――あずさは、パパがきっと、

「パパのせいじゃないよ」

と言ってもらえると期待しているのだと思った。

でも、あずさは内心、「やっぱりパパのせいだよ」と思っていたのである。その友だちも悪いけど、万一のときどうなるか分ってて保証人になったんだから。

でも、あずさは、パパを責める気もなかった。今さらパパに文句を言って、どうなるもんでもない。

「――ともかく、あずさも聞いたでしょうけど、三千万円なんてお金、今のうちではどうすることもできないの。この家もローンの払いが始まったばかりだし。実家にはとてもそんな余裕もないし」

「うん」

と、あずさは肯《うなず》いた。「たぶん、そうだろうと思ってた」

「できる限り、当ってみたんだ。でもな——。どこも不景気で、三千万どころか百万だって出しちゃくれない。それに……会社にもあの借金取りが押しかけて来て、上司から言われた。これ以上社に迷惑をかけるようなら、辞めてもらう、と」

「だから死ぬのね」

と、あずさは言った。

「お母さんは、この家も取り上げられて、住む所もなくなって生きてくなんて、とても堪えられないわ。お父さんにしても、どこへ越しても、あの連中が追いかけてくるでしょう。そんな思いをするぐらいだったら、いっそ——」

「いや、あずさ。お前のことは考えてある」

と、パパは言った。「親の借金は子供には関係ない。お前を、ちゃんと学校にもやれるように、積立てたお金もあるし、友人に頼んであるから、心配することはない」

「待ってよ」

と、あずさは言った。「私だけ置いてくの？　そんなのいやだ。私も死ぬわよ」

パパとママが顔を見合せる。——ママは当惑しているが、パパはむしろホッとしている。

あずさにはそれが分った。パパは寂しがり屋なのだ。

「しかし……。お前はまだ若いし……」

「さっきの男の言ったこと、聞いたでしょ、パパも？　私だって、あの男なんかに『稼がされ』たりするの、いやだわ。一緒に行く。いいわよね、ママ？」

「あずさ……。ごめんなさいね」

と、ママがすすり泣く。

「しかし――まあ、それでいいのかもしれないよ。家族は一つだ。三人なら、最後の時間も楽しく過ごせる」

と、パパは笑顔にさえなって、「あと、あずさがどうなるか、心配しながら死ななくてもいいしな」

「決った！」

と、あずさは言った。「ミケ。お前も一緒よ」

ニャーと膝《ひざ》の上でその猫は欠伸をした。それがいかにも呑気そうで、三人は一緒に笑ってしまった。ママも涙を拭《ぬぐ》って笑っている。

「それで――」

と、あずさは言った。「いつ、どうやって死ぬの？」

3　朝の光景

どうやって？　そんなことは大した問題じゃない。確実に死ぬことだ。

そうだろう。肝心なのは、死ぬこと。それも、確実に死ぬことだ。

確実に死ぬ。――そんなたやすいことがあるだろうか。

要は決心だ。そう心を決めれば、もう人は半分以上死んだも同じなのだ。


――夜は明けていた。

埃《ほこり》に汚れた窓から朝のほの白い明るさがゆっくりと、音もなく忍び込んで来る。

水野初《みずのはじめ》は、あまり眠っていなかったが、それでも少しも頭が重かったり、体がだるいということはなかった。それは体にかかる重さが――心の問題ではあっても――ぐっと軽くなり、肩に力を入れないで生きていられるようになったからだった。

妙なものだ。何もかも失うことが、こんなにも快いものなのか。

いや、何もかも失っても、その代りに手に入れたものがある。――自由だ。

たとえ、狩人《かりゅうど》に追われている身であっても、狼や狐が自由なのと同じように、今、追われる身でありながら、彼は自由で、何者にも捕われていなかった……。

水野初は、ゆっくりと伸びをした。

少し肌寒いようでもあるが、それは仕方ない。何しろここはもう人の住んでいないアパートの一室である。夜遅く、くたびれ果てて、ドアの鍵《かぎ》を壊し、中へ入って古ぼけた畳の上で眠ってしまった。

おかげで体のあちこちが痛いが、それ以外は何ともない。不思議とお腹も空《す》かなかった。

窓ガラス越しに外の通りを覗《のぞ》くと、出勤して行くサラリーマンやOLたちが、次々に目の前を通り過ぎて行った。

誰もが急いでいて、ひたすら前だけを見つめ、足早に歩いている。窓のすぐ前を通りながら、一人も窓の方へ目をやる者はなかったのである。

全く、せっかちなもんだな、世間の人間ってのは。水野はちょっと笑った。

ほんの何秒かでも、窓の方へ目をやる余裕があれば、TVや新聞に何度も出ている顔を、そこに見付けられたのに。

——殺人犯の顔を。

水野は、小さく頭を振った。

出て行っても、誰もとがめ立てしないだろう。おかしいな、と思ったところで、出勤して行く途中、余計なことを考えているゆとりはない。もし彼のことに気付いたとしても、大方の人は黙って行ってしまうだろう。

厄介ごとに係《かかわ》り合うのをいやがる。誰しも同じ気持である。

水野は、その古ぼけた無人のアパートから表に出て行った。――やはり、通って行く人たちの誰も、水野のことは見ようともしない。

俺は透明人間なのかな、と水野が半ば本気で考えたくらいだ。

しかし、考えてみれば、殺人犯がすぐ目の前にいる、などとは思い付きもしないのだろう。それに、水野はいくらか無精ひげがのびて来てはいるが、ツイードの上着も高級な品だし、それほどしわになっていない。

見た目も、浮浪者と見られる心配はない。――ちょっと髪を手で撫でつけて、つい苦笑した。

これからどうするか。どこへ行くか。

水野はブラッと歩き出した。

人の流れは、思いがけず少ない。

「そうか。土曜日か、今日は」

会社も休む所が多いのだ。水野は出勤して行く男女の流れをかき分けるように、逆の方向へと歩いて行った……。

「――先生!」

と、若々しい弾《はじ》けるような声が飛んで来た。「水野先生!」

肩を叩《たた》かれて、振り向くと、どこかで見たことのあるＯＬだ。

「君は……」

「忘れた？　当然でしょうね。でも、ちょっと寂しいかな」

「ああ。──中《なか》……。中……何だっけ」

「ほら忘れてる」

と、その若いＯＬは笑って、「中堂《なかどう》ですよ。中堂百合《ゆり》」

「あ、そうか」

大学で教えた子を、いちいち全部憶《おぼ》えてはいられない。「そう。中堂君だ。──出勤かね？」

「ええ。本当は土曜日お休みなんですけど、不況だからって。変ですよね。入社したときと話が違う」

と、中堂百合はむくれて見せ、「でも──先生に会ったから、さぼっちゃおうかな」

「クビになるぞ」

「大丈夫。だって、手当も何もつかないんですよ。ひどいと思いません？」

水野は少し戸惑っていた。この子は何も知らないのだろうか。あんなにＴＶや新聞で報道しているのに。

しかし、勤めが忙しいと、ろくにＴＶも新聞も見ないことがある。たぶんこの子もそうなのだろう。

「ね、先生、私、朝何も食べてないの。先生は?」

と、中堂百合が訊《き》いた。

「え? ああ……。僕も」

「じゃ、何か食べましょ。朝はね、結構あちこちの店が開いてるんですよ」

「しかし——」

「さ、一緒に」

と、水野の腕を取る。

戸惑いながら歩き出して、水野は不思議なことに急にお腹が空いて来るのを覚えた。

「——喫茶店のモーニングサービスって、割とお得なんですよ」

と、百合は小さな喫茶店へ水野を引張り込んで、席につく前に、「モーニング、二つ! コーヒーでね」

と注文してしまった。

「結構、客がいるね」

「ええ。でも土曜日だから、これでも空いてる方。——先生、入口の方へ背中向けて座って」

と、一番奥のテーブルまで行って言う。

「え？」

「顔、見られない方がいいでしょ」

水野は椅子をガタガタと動かして座ると、

「中堂君……」

「知ってますよ。大学のときの友だち、みんな電話かけ合って、大騒ぎしてるんですから」

と、百合はコートを脱いでわきの椅子に丸めて置いた。

「いらっしゃいませ」

と、ウエイトレスが水を持って来てくれる。

「——君は、分ってても平気なのか」

と、水野は水をガブ飲みしてから言った。

「だって……先生のこと、知ってるもの」

と、百合は言った。「二年前、授業も受けたし、先生のこと、よく分ってるもの。あんなこと……。先生があそこまでやるって、よほどのことなんだ、って思った。きっと、凄《すご》く苦しんだんだろうな、って」

「僕は——」

「何も言わなくていいです」

と遮って、「私が聞いてもしようがないこと。ね？」

「ああ……」

コーヒーが先に来た。水野は、その熱い香りをかいで、大きく息をついた。

「旨《うま》そうだ。――いいなあ。生きてる、ってことは」

「ええ」

「あのときまでの何ヵ月か……。僕は死人のようだったんだよ」

と、水野はゆっくりとコーヒーを飲んだ。「――旨い！　しかし……涼子《りようこ》は本当に死んでしまった。それを償うのは、僕の義務だ」

「先生……。死ぬつもりね」

と、百合は訊いた。

「うん」

「そう。――止めないわ。でも、今日一日待って」

水野は当惑して、

「どうして？」

と言った。

「私に、この一日、下さい。ね？　一日だけ、私と付合って」

「中堂君……」

「先生のこと、好きだったんだ」

と、百合は軽い調子で、「もちろん、先生を好きな子って、沢山いたんですよ。だから私なんか、はなから諦《あきら》めてた」

水野は苦笑して、

「そうと分ってりゃ、あんなことにもならなかったかな」

と言った。「しかし、やってしまったことは、今さら仕方ないしね」

「待ってて」

と、百合は立ち上って、「先に食べてて下さいね、来たら」

止める間もなく、店を出て行く。

すぐに、ハムエッグとトーストのセットが来る。水野は、やたらと腹が空いて、ほとんど一瞬の内に食べてしまった。

フーッと息をついていると、百合が戻って来て、

「え？　もう食べちゃったの？」

と、目を丸くした。「凄い食欲」

「うん。生き返ったみたいだ」

「呆《あき》れた。――私の分も食べます？」

「いや、もう充分」

「じゃ、私が食べてる間に……。これ」

と、コンビニの紙袋を渡す。

「何だい？」

「ひげ剃《そ》りのムースとカミソリ。トイレで剃って来て。さっぱりするわ」

「ありがとう」

と、水野は笑って、「むさ苦しいかい？」

「もうちょっと伸びたらね」

と、百合はトーストを食べ始めて、「これ食べたら……。どこに行こうかなあ」

「どこか行きたい所があるのか？」

少し考えて、百合は、

「うん」

と肯《うなず》いた。「東京都内を回る観光バスに乗りたい！」

「都内巡りの？」

「だって、東京にいると、結構東京タワーとか知らないもんですよ。一度乗って回ってみたかったんだ。先生、いいでしょ？」

「ああ……。別にいいけど」

「じゃ、決り。東京駅へ出て、駅前で乗りゃいいんですよね」

「そうなのか？　よく知らないけど」

「大丈夫。毎日、通勤で通ってるんだから。任せて」

「分ったよ」

と、水野は肯いた。

死ぬのは一日先でもいい。そんな気分になっていた。

しかし——こんな所で大学での教え子に会って、「好きだった」とまで言われて……。

人生ってのは妙なものだ。

「君は一人暮しだったかな」

と、水野は訊《き》いた。

「ええ。大学生のときから」

「ああ、そう……。君、一回僕のうちへ電話して来たこと、あったんじゃないか？」

「先生。——憶《おぼ》えてくれたんですね」

と、百合は嬉《うれ》しそうに言った。

「思い出したよ。何だか——世間話をしただけのような気がしたけど。後になって、君がどんな用だったのかな、と首をかしげたのを憶えてるよ」

百合はちょっと笑って、

「後で、時間があったら話してあげます」

と言った。「さ、もう行きましょうか。私、払っときますから」

「あ……。でも——」

「今日一日は私のもの。ね？」

「分ったよ」

と、水野は笑って言った。

こんな風に笑うことなんか、もう決してないだろうと思っていた。それなのに……。

そうだ。この子は俺の「最後の一日」に神様がつかわしてくれた天使なのかもしれない。

——そう考えると、水野は百合の言う通りにするのが楽しいと感じられるようになった。

トイレでひげを剃ってさっぱりすると、外へ出てもなぜだか人の目があまり気にならない。

「先生、腕を組んで、私と」

「え？」

「恋人同士って感じに。そうすれば、誰も気が付きませんよ」

「そうかな……」

水野の腕に、百合は自分の腕をしっかりと絡める。

「何だか君に逮捕されたみたいだな」

「そうよ。先生、今日一日は私のとりこ。観念してね」

「はいはい」

と、水野は一緒に歩き出しながら言った。

——爽《さわ》やかに、空は晴れつつある。

今日はすばらしい日になるかもしれない、と水野は思ったのだった……。

4 身替り

「あら。同じジャケット」

と、晴美は思わず言った。

「ニャー」

ホームズが顔を上げて、「どこ？」とでも言うように首を伸す。

「ほら、あのレジのそばに立ってる女の人」

と、晴美は小声で言って指さす。「見てよ、あの人。バッグまで同じ！」

スーパーの中、店内用のカートを押した奥さんがそばを通って、猫に話しかけている「変な女」に眉《まゆ》をひそめている。

晴美とホームズは、通りかかったスーパーに入っていた。

午前中、まだスーパーが開いてそう時間もたっていないので、店内は空《す》いている。

晴美は大して買う物があるわけではないので、手さげのカゴを持っていた。ただ、このスーパーの前を通りかかったとき、ちょうどソースがなくなっていたことを思い出し、入って来たのである。

ついでに、お菓子の棚を眺めている晴美だったが、ホームズの方は別の客に気を取られている様子だった。

晴美が目を止めたのは、二十四、五歳という印象の女性で、言葉通り、晴美と同じジャケットを着ている。目立つ朱色なので、すぐに目についたのだ。

それに、よく見れば肩からさげた大きめのバッグも全く同じ。

「こんな偶然ってあるのね」

と呟《つぶや》いて、でも、私の方がスタイルや顔は上ね、などと口には出さねど思ったりしている。

「ホームズ。――行くわよ。あれ？　ホームズ？」

ホームズがついて来ていない。キョロキョロ見回すと、ホームズは棚の角から少し首を伸して入口の方を見ている。

「――どうしたの？　殺人犯でも見付けた？」

と、晴美は戻って行った。

いくらホームズでも、見ただけで殺人犯だなんて分るわけがない。

「あら、三毛猫」

と、晴美は言った。

今しがたスーパーへ入って来た親子三人。中学生くらいの娘が、三毛猫を抱えているのである。

「お客様、恐れ入りますが、ペットをお店へ持ち込むことはお断りしております」

と、レジの女店員が声をかけた。

ホームズは、ちゃんと分っているので、店員の目につかないようにルートを選んで入っているのである。

「じゃ、あずさ、ミケを抱いて表で待ってて」

と、母親が言った。「何か欲しいもの、ある？」

「うん。〈はちみつレモン〉。それ以外は適当でいい」

と、女の子は言って、「ミケ、外にいようね」

と、スーパーを出て行く。

「おい、カート、いるか？」

「そう重い物は買わないけど……。でも、一応押して来て」

「うん」

四十代か、いかにも落ちついた夫婦である。

「――何を買うんだ？」

「ジュースとか、サンドイッチ……。それと、あの子、何て言った？」

「〈はちみつレモン〉」

「あ、そうそう。メーカーが決ってるのよね、あの子は」

「いくつもあるのか？」

ガラガラとカートを押して、時折止っては品物を取ってカートへ入れる。

「行きましょ、ホームズ。あんた、見られるとまずいわよ」

ホームズは動かない。晴美は、ちょっとかがみ込んで、

「どうかした？」

と訊《き》いた。

ホームズは、じっとその中年夫婦を見ている。晴美はため息をついて、

「分ったわよ、隠れてなさい。私が見てくるわ」

と言うと、その夫婦の近くへと、さりげなく歩いて行き、買物の様子を眺めた。

——別におかしい所はない。

紙パックのジュースや牛乳を選んで、日付を見てはカートへ入れている。

日付？　晴美は、その夫婦の後ろ姿を眺めてから、牛乳の棚へ行ってみた。

あの奥さん、手前の方のパックを取った。そして、奥の方のと見比べて、手前のものをカートへ入れた。

でも——どう見ても古い日付のが手前に置かれているのである。

普通はそうだ。日付を気にしないで買う人は手前のものを取るから、店では日付の新し

いのを奥に入れる。でも、あの奥さんは日付をちゃんと見て、手前のものを選んだ。

つまり、わざわざ古い日付のパックを選んだのだ。——そんなことって、あるだろうか?

晴美は、ちょっと首をかしげた。しかし、どう考えても、古い日付の牛乳を買うのが犯罪とは思えないし、殺人事件の証拠になるとも考えられない。

晴美は肩をすくめて、レジの方へと向った。ホームズはもう先に出ているらしい。

客は少ないが、レジも一つしか開いていない。三人ほどが列を作っていて、レジの女性は大欠伸《あくび》をしていた。晴美のすぐ後ろにあの中年夫婦が並ぶ。

「——あなた、出てていいわよ」

と、奥さんの方が言っている。

「いや、結構重いよ。あずさの奴は大丈夫さ」

あずさ。——あずさというのか、あの猫を抱いていた子は。

「——あ」

と、晴美は言った。「忘れてた! お先にどうぞ」

マヨネーズもなくなりかけてたんだ。

晴美は棚の方へ戻って、捜し始めた。

内海と妻の咲子がスーパーから出てみると、あずさが青ざめて立っていた。

「何だ。——どうした？」

と、内海は訊いた。

「ミケが……」

と、あずさは今にも泣き出しそうな顔で、「どこかに行っちゃった」

内海と咲子は顔を見合せた。

「行っちゃった、って……。抱いてたんでしょ？」

「うん。——そこのベンチに座ってた」

と、あずさは振り返って、「ミケもそばに座らせて……。別に何もなかったんだよ！

どうもしてないのに、ちょっとよそ見して、そばを見たら、ミケがいなかったの」

「そうか」

内海は肯《うなず》いた。「——あずさ。ミケは置いて行こう」

「パパ……」

「なあ、ミケは分ってたのかもしれない。我々がどうするつもりなのか。そして、一緒に行きたくないと思ったのかもしれない。そう思わないか？　ミケだって、どうするか選ぶ権利はある。我々だけでいいさ、死ぬのは」

「あなた……」

「な、もう行こう。捜さないで。ミケは新しい飼主を見付けるさ」

内海の言葉に、あずさの目からポロッと涙がこぼれた。

「──さ、車に乗って」

「うん……」

あずさは肯いて、「ミケも、その方が幸せかな」

「たぶんな。──さ、行こう」

三人は、駐車場の車の方へと歩いて行った。内海が運転席に乗り、咲子は助手席の側のドアを開けたが、

「あずさ。──お母さん、後ろに行こうか?」

「ううん、いいよ」

と、あずさは言って、後部席のドアを開け、車に乗った。

「あとは高速道路でずっと行けるだろう。──咲子、シートベルト」

「あ、そうね。あずさ、〈はちみつレモン〉はS社のでいいんでしょ?」

「──うん」

あずさは、窓を下ろして、ミケが帰って来るんじゃないかと祈るように、じっと外を見ていた。

「バックするぞ」

と、内海がエンジンをかける。

車がバックして、駐車場の出口へと向く。

「レシートを見せて。タダになるから」

と、咲子が夫へレシートを渡す。

車は、駐車場の出口で一旦《いったん》停り、レシートにスタンプが押される。

「パパ、待って！」

と、あずさが声を上げた。

「どうした？」

「猫が……」

「え？」

咲子が振り向く。「――あら、本当だ。こっちを見てるわ。三毛猫ね。でも、ミケじゃないわよ」

「うん……。でも――おいで！」

あずさは、その三毛猫に呼びかけた。

すると――表に座ってじっとあずさの方を見上げていたその三毛猫は、立ち上ると一気に駆けて来て、窓から車の中へと飛び込んで来たのだ。

「キャッ！」

と、あずさは声を上げた。「ねえ、来たよ！　飛び込んで来た！」

「おい──」

と、内海は言いかけたが──。

後ろに次の車が来ていて、クラクションを鳴らした。

「パパ、この猫、連れてっていいでしょ！」

あずさの弾んだ声に、内海は冷水を浴びせることはできなかった。

「分った。じゃ、連れて行こう」

「やった！」

あずさは、その三毛猫を抱え上げて、窓を閉めた。

車が駐車場を出て走り出す。


「ホームズ……。ホームズ、どこ？」

晴美は、スーパーを出た所で呼んだ。

いつもなら、日当りのいい所で日なたぼっこと洒落《しやれ》こんでいるホームズだが、呼べばノコノコやってくる。

「──変ね」

中にいるのかな、まだ？　晴美は一旦スーパーの中へ戻って見回してみたが、人に紛れるというほど客も多くない。

「いないか……。じゃ、やっぱり表——」

晴美は通りへ出て、左右を見渡した。ホームズのことだ。車にはねられるなんて、馬鹿はしないだろうが。

犬にでも出くわして追っかけっこしてるのかな？

いずれにしても、ここで待ってた方がいいわね。行き違いになるより、ホームズの戻るのを待った方がいい。

駐車場の方へ目をやると、あの同じジャケット、同じバッグの女性が所在なげに立っているのが目に入った。誰かを待ってでもいるという様子。

こっちも人待ち——いや猫待ち顔で立ってるしかない。

すると——車が一台、目の前を走り抜けて行った。——スーパーの駐車場から出て来たのだ。

「あの人たちだわ」

さっき、娘が三毛猫を抱いていた……。

後ろの座席に、あの女の子が座っているのが見えた。赤信号で停ったので、あの夫婦が前の座席で何やらしゃべっているのも見える。

晴美は、リヤウィンドウにヒョイとホームズの顔が現われたので、仰天した。

「ホームズ！　何してんのよ！」

と叫んだものの、聞こえるわけもない。

信号が青になって、車は走り出してしまった。

「ちょっと！——ちょっと待って！」

と、晴美も駆け出したが、道が空《す》いていることもあって車はどんどんスピードを上げたので、とても追いつけるはずはなかった。

「——どうなってんの？」

と息を切らして、「もしかしたら……」

あれは、ホームズじゃなくて、あの家の三毛猫だったろうか？

いや、そうじゃない。はっきり憶《おぼ》えているが、同じ三毛猫でも、体の柄は全く違っていた。あれはホームズだ。

でも——なぜ？　いやなものを、無理に乗せられるわけがない。

「家出かしらね」

と、首をかしげていると……。

車が一台、スッと目の前に停った。

「おい、早く乗れよ」

窓から顔を出しているのは、まだ二十代と思える若い男で——晴美だって若いが——少し顔をしかめて、「何を駆けてたんだ？」

「あ……。前の車を——」

「早くしろ。時間がない」

何のことやら。晴美が言われる通りに乗ってしまったのは、ホームズを乗せたあの車を追いかけてくれるかもしれない、という期待もあったからで……。

助手席に座って、

「すみませんけど——」

「シートベルト」

「え？　あ、はいはい。あのね、前の車に——」

「そこに布の袋があるだろ。足下だ」

車はもう走り出している。道が空いている割には安全運転だ。

「もう少し、スピード出ません？」

前方に、ホームズの乗った車が小さく見えているが、もう見えなくなってしまいそうである。

「スピード違反なんかで捕まっちゃまずいだろ」

と、若い男は仏頂面で言った。

愛想がないわね。——といって、文句をつける筋合のもんでもないけど。

布の袋？　足下に確かにごわごわした感じの布袋が置いてある。

「中のもんをしまっとけよ」

「はあ……」

袋の口を開けて手を突っ込むと、何があるのか、と探ってみる。――固い物に手が触れた。

「馬鹿！　早くしまえ！」

と怒鳴られて、晴美はあわてててそれを――重い鉄の塊、拳銃をバッグの中へしまい込んだ。

「少し遅れてる」

と、若い男は言った。「途中、工事があったんだ。待ったか？」

「え、いえ……。スーパーで買物してて」

何だ、これ？

どう見ても本物の拳銃《けんじゅう》だが。すると、この男は何をしようとしてるんだろう。

「この先は裏道だ。何とか間に合うだろう」

年齢はたぶん二十二、三。老けて見えるのは、あまり肌のつやとかが良くないせいだろう。

どこか悪いのかしら。――その顔色を見て、晴美は思った。

呑気《のんき》なもので、人のことなんか心配してられる身じゃないはずだが。

そのときになって、晴美はやっと気付いた。

同じジャケット、同じバッグ……。

あの女と間違えたのだ！

といって――今さら、

「人違いよ」

と言っても、

「ああ、そりゃ失礼」

ですむとも思えない。

この男――何をしようとしてるんだろう？

もう、ホームズの乗った車は、別の道を行ったのか、とっくに見えなくなっていた。

男が、ふっと息を吸い込むと、

「クシュン！」

と、可愛いクシャミをした。

外見とのあまりのイメージの落差に、晴美は吹き出しそうになるのを必死でこらえたが――。

男の方もそれが分っているらしく、わざとらしい咳払《せき》いをして、グスッと鼻をすすった。

晴美は、妙な気持がした。

何だか……このクシャミをずっと昔に聞いたことがあるような……。クシュン、とやってエヘンと咳払いし、グスッと鼻をすする……。

これって……確か、どこかで……。

晴美は、ともかくバッグの中に拳銃をしまい込んだまま、車がどこへ行くのか知る由もなく、座っている他はなかったのである……。

5　受難

「ちょっと。──お客さん」

と、肩を叩《たた》かれて、

「何だよ……もうちょっと眠らせてよ」

と、片山は言ったつもりだったが……。

実際は「ムニャムニャ」としか聞こえなかっただろう。

「眠っててもいいですけどね。大阪まで戻るんですか？」

「大阪？」

誰が大阪へ行くんだ？　いや──行ったんだ。そう。僕は大阪へ行って……。

ちゃんと仕事して戻って来たんだぞ！

何しろ今夜は例の〈宝くじ夕食会〉──と晴美が呼んでいる──だからな。戻らないわけにいかないんだ。

「──え？　大阪へ戻る？」

パチッと目を開けると、若い女の子がクスクス笑って見下ろしている。

「東京駅です。よく眠ってたのね。終点です、ってアナウンス、しつこいぐらいあったはずなのに」

「そうか！　すまん」

片山は頭を振った。

「あ、急がなくてもいいですよ。すぐには出ないから」

と、何だか可愛い制服を着たその女の子は、言った。

「君、何なの？」

「寝過した客を起す係。──とかいって」

と笑って、「清掃係です、この車両の」

「へえ……。いや、ごめん。ゆうべほとんど徹夜でね」

片山は欠伸《あくび》をした。

「珍しくないですよ、お掃除に入っても眠ってる人って。この前なんか、いくら揺さぶっても起きなくて」

「へえ」

と、片山は棚のバッグを下ろして、「酔ってでもいたの？」

「死んでたの」

片山はギョッとした。

「――過労死ってやつね。後で奥さんがその座席を見に来てね。泣いてたわ。可哀そうだった……」

と、女の子はしみじみと、「ちょうどこの席だったかな」

片山はあわてて離れた。

「奥さん、言ってたわ。一週間の内、五日か六日は出張で、それも大阪なんかでなく、北海道、九州でも日帰りなんてざらなんですって。うちでぐっすり眠ることなんて全然なかったって。――死ぬ前に、一日でもゆっくり眠らせてやりたかった、って言って……」

「気の毒にね」

「ねえ。それでも、仕事中に死んだんじゃないからって、会社はほんのお見舞金しかくれなかったんですってよ。――私、頭に来ちゃった」

と、女の子は本気で怒っている。

その怒った顔は爽《さわ》やかだった。

「あなたも過労死しないようにね」

と、片山に向って言った。「死んだらおしまいよ、何もかも」

「同感だね」

「あなたは大丈夫そうね」

「そうかい?」

「出世しそうもないもん」

片山は笑い出してしまった。

「——やあ、君も仕事があるんだろ」

「そうだ。のんびりしてたら怖いチーフに叱られちゃう」

と、女の子は座席のヘッドカバーをパッパッと外し始めた。

「じゃ、どうもありがとう」

「気を付けてね」

片山は、ホームへ出た。

確かにゆうべほとんど眠らなかったのは事実で、少しボーッとしている。

しかし、爽やかな天気で、それにあの清掃係の女の子の「爽やかさ」も手伝ってか、今の気分は悪くなかった……。

突然の出張だったので、くたびれてはいた。

一旦《いったん》、駅の中の喫茶店に入ってコーヒーを飲んで眠気を覚ますと、捜査一課へ電話を入れる。

「——おお片山か」

と、栗原が出て、「今夜はすまんな」

「いえ、とんでもない。課長は大丈夫ですか?」

「もちろんだ! 殺人犯には食事がすむまで待ってもらう」

と、栗原は笑った。

「これから、一旦アパートへ戻って、その後、出ます」

「分った。まあ無理するな」

いやにもの分りのいい上司というのも、怖いものである。

片山は、席に戻ってコーヒーを飲み干すと、店を出た。

バスで行くか……。タクシーはもったいない。

何しろ宝くじの十万円は、今夜の夕食で消えることになっているのだから。むだづかいはできない。

駅の外へ出て、さて——バスはどこだっけ?

何度も乗っているのだが、何しろ方向音痴なので、まるでだめである。

バスが何台か停っている。あそこがバス乗り場だろう。

片山が歩いて行くと、いきなり背中を、

「ワッ!」

と、どやしつけられて、仰天した。

「おい……。君か」

フフフ、と笑っているのは、もう制服こそ着ていないが、さっきの清掃係の女の子。

「もうバイトはすんだの」

と、女の子は言った。「まだウロウロしてたの?」

「コーヒー飲んでたのさ」

と、片山は言った。

「これから会社か。大変ね」

「一旦、うちへ戻る。それからさ」

「じゃ、奥さん、待ってるんだ」

「僕は独り者だよ」

と、片山は言った。

「もっとも口やかましい妹はいるけど」

「あら。へえ! じゃ、一生独身かもね」

言いたいことをはっきり言うタイプの子らしい。

「君は——大学生?」

「うん。もう三年生だから、結構時間が空いてるの。ね、ちょっとお付合してくれない?」

片山はギョッとした。「お付合」というのにはつい「逃げ腰」になる。

「あのね……。仕事があって。それに——おっと、バスが出る! それじゃ」

と、足早に——。

「待ってよ！　ねえ！」

女の子が追いかけてくる。

片山はバスへ飛び乗った。女の子の方も乗って来て、

「ね、このバスでいいの？」

「うん、いいんだ」

と、片山は肯《うなず》いて言った。「君は別の所へ行くんだろ？」

「でも……」

「いらっしゃいませ」

と、紺の制服姿の女性が愛想良く言った。「〈東京名所巡り〉のコースへおいで下さいましてありがとうございます」

「はあ」

片山も、やっと気付いた。——観光バスだったのだ！

「これでいいの？」

と、女の子が小声で言った。

「——うん」

と、片山は肯いた。「一度乗ってみたかったんだ！」

「あの——お二人様でいらっしゃいますか?」

「そうです」

と、女の子がすかさず言った。

仕方ない! 片山は、渋々二人分の料金を払うはめになってしまった。

バスは半分ほどの席が埋っている。

片山は、ふてくされて座ると、

「やれやれ!」

「ハハ、ごめんなさい」

と、女の子が笑って、「逃げようとして、間違えたんでしょ?」

「まあいいさ」

と、片山は肩をすくめた。「たまにのんびりするのも悪くない。でも——君、何か用があるんじゃないのか?」

「ないこともないけど。こっちの方が楽しそう」

「変な子だね」

「あなただって、変な人」

「そうか」

片山は笑い出してしまった。

女の子相手では、いつももっとぎこちなくなる片山だが、今回は特別らしい。隣の女の子が若くて、まだ「女っぽさ」をあまり感じさせないせいもあっただろうが。

「私、佐川恭子《さがわきようこ》。あなたは？」

「片山っていうんだ」

「片山さんか。よろしく。——これ、四時間ぐらいかかるのよね」

「東京巡りか。僕も初めてだ」

片山は、バスが動き出したので窓の外へと目をやった。

「色んな人が乗ってるのね」

と、佐川恭子が言った。

確かに、いかにも地方から上京して来ました、という感じの老夫婦もいるが、若いカップルだの、女ばかりのグループだの、様々。

「あの二人——ねえ」

「うん？」

「あそこの前から二つ目の座席の二人。不倫かなあ。どう思う？」

「さあね」

斜め後ろから見ているので、よく分らないが、三十代の男と、十歳は若そうなOLという感じの女。

確かに、こんな時間に乗っているのは不思議だった。

一番前の席には、一人で座っている男もいた。コートを着たまま、じっと外へ目をやっている。

一人でこういうバスに乗るってのも、時間潰《つぶ》しにはいいかもしれないな、と片山は思った。

バスは、駅前のロータリーを出る所で信号待ちしていた。すると、扉をドンドンと叩《たた》く音がして、バスガイドが立って行くと、扉を開けた。

「――すみません。乗っていいですか？」

と、若い女が息を切らしている。

「どうぞ。お一人ですか？」

「いえ、もう一人、今……」

片山が窓から覗《のぞ》くと、もう六十過ぎと見える老婦人が、少しも急ぐ様子もなくやって来る。

「お母様、大丈夫ですって」

「そう？　あんたがちゃんと調べないから！」

「すみません。さ、乗って下さい」

「はいはい」

老婦人が先に乗って来る。

「こちらへどうぞ。すぐ動きますので」

「はいはい。——すみませんね、ご迷惑をかけて」

「いいえ。——オーライです」

バスが動き出す。若い女の方が、財布を出して料金を払っていた。

「本当にごめんなさい」

と、老婦人はバス中に聞こえる声で、「嫁がしっかりしてないもんですからね。駅の中で迷子になってしまって、まあ散々歩き回ったんですよ。時間だって、ちゃんと間に合うように出て来るつもりだったのに、この人が仕度にぐずぐずして手間どるもんだから。——皆さんにご迷惑かけたじゃないの。いつも言ってるでしょう」

「すみません、お母様。慣れてなくて……」

「ちゃんと地図とか調べておけば、むだに歩かなくてすんだのよ。膝《ひざ》が痛くなっちゃったわ」

「さすりましょうか」

「いいわよ、こんな人目のある所で。喉《のど》がかわいたわ」

「はい。——あの、何か飲むものあります?」

と、ガイドに訊《き》く。

「ウーロン茶でしたら無料ですが。それ以外のものは有料になります」

「タダのでいいわよ」

と、老婦人が言った。「むだづかいしないのよ。息子の稼いで来たお金なんですからね！」

——片山と佐川恭子は、何となく顔を見合せた。

「——お姑《しゆうとめ》さんの嫁いびり、ってやつですね」

と、恭子が小声で言った。

「しっ。悪口はよく聞こえるよ」

片山は、何となくこの東京巡りのツアーは波乱含みかな、などと思った。しかし——もちろん「波乱」どころじゃなくなるのだが、今のところは片山も平和な気分だったのである……。

石津は、そのビルを見上げた。

「——ここか」

メモを手に、しっかりと確かめる。

もちろん、まだ時間は早い。何しろ夕食を食べに来るのに、今はまだ午前十時である。

今夜の〈宝くじ夕食会〉の会場を下見に来たところである。

晴美の指定して来たレストランは、このビルの地下。——開くのはランチタイムの十一時半なので、もちろん今は閉まっている。

ともかく、石津としては夜ここへ来るときに、道に迷って料理を食べそこなうことが何より怖いのである。

こうして場所さえ確かめておけば安全だ。

石津はホッとして、同時にお腹がグーッと鳴った。

「落ちつけ！——あわてるな」

と言い聞かせたりしている。

一階から上は、ショールーム。どうやらバスルームやタイルなどのメーカーのショールームらしい。カラフルなタイルを貼ったフロアを、数人の客が見て回っていた。

「いらっしゃいませ」

と、声をかけられて、石津は、

「は、どうも」

と、頭を下げたりした。

「何かお捜しのものでも」

受付の制服を着た女性が、にこやかに対応してくれるのは、悪い気分ではないが、石津としては、「下のレストランの場所を見に来ただけ」と言いにくくなってしまった。

「いや、その……何となく」

「どうぞお入りになってご覧下さい」

「はあ……」

成り行きで、ショールームの中へ入ってしまった。

「近々ご結婚のご予定でもおありですか?」

と訊かれて、

「は。——あ、そう……。ま、その内、近々、いつの間にか、ですね」

と、わけのわからない返事をしている。

「でしたら、バスルームや洗面台などの展示がお二階にございますので、ぜひどうぞ」

「はあ……」

じっと見送られていては行かないわけにもいかず、石津は階段を上って、二階へ行った。

「——凄《すご》い」

何十、何百という色の洗面台がズラッと並んでいる。広さも大変なもので、浴槽だのトイレだの、こんなに種類があるのか、と目を丸くするほど。

「へえ……」

見て歩くと、結構面白い。

デザインの奇抜なもの、金ピカでまぶしそうなもの。やたらでかくて、象でも入るのかと思うような大理石の浴槽。

「ふーん」

世の中にはこんなに色んなトイレがあるのか、と便器の列を眺めて感心したりしている。

時間も早いせいか、他に見て歩いている客はいなかった。石津は製品の列の間を歩いている内、迷子になりそうになった。

——まるで異次元の空間である。

「何だ？」

小さな箱型の部屋が並んでいて、窓のあるドアがついている。

「サウナか……」

家庭用のサウナなのである。

へえ……。ダイエットにいいか。

石津の場合は、食べる量を減らす方が早いだろうが、そこは「生きがい」とも係《かかわ》ってくる。

サウナのドアを開けてみる。——二人くらい座れば一杯、という狭苦しさだが、あまり広くても困るだろう。

こっちは、もう少し広いタイプ。

ドアを開けると、制服姿の女性が座っていた。

「あ、失礼」

と、石津はあわててドアを閉め、歩きかけたが……。

今の女……。何だか、おかしかったぞ。

「あの——」

と、ノックして、「失礼します」

もう一度ドアを開けると……。

下の受付にいた女性と同じ制服。しかし、こちらは愛想良く石津に微笑みかけはしなかった。

何しろ胸の辺りにナイフが突き立っていて、制服の下のブラウスを血で染めていたのだから。

「あ!」

と、晴美が声を上げたので、車は急にブレーキをかけた。

「何だよ?」

と、ハンドルを握った男が怒ったように言った。

「いえ……。何でもない」

「何だ、びっくりさせやがって!」

車は、駅前の商店街へ入って、途中細い裏道へと曲って行った。

どこへ行くんだろう？

晴美は、どうしたものやら迷っていた。

少なくとも、拳銃《けんじゅう》なんか持たせているところから見て、ただ買物しようとか、荷物運びをしようとかいうのでないことは分る。

晴美が割合のんびり構えているのは、こういうことに慣れているのと、ホームズのことも気になっていて心配が分散しているせいもあったが、人の多い場所にいるのでいざというときは逃げ出せる、という気持になれたからである。

車は、道の片側にズラッと並んだ自転車をぎりぎりによけながら進んで行った。

「——畜生！　邪魔だな」

「出勤する人がみんな置いてくのね」

と、晴美は言った。「でも土曜日だから、少ない方よ」

「俺は自転車は嫌いなんだ」

と、その男は言った。

「そうか。——そうだっけね」

と、晴美は言った。

「何だ？」

「いえ、何でもない」

と、晴美は言った。

そう。——自転車にはねられたのだ。まだ幼稚園の「年中さん」で——四歳のころだったろうか。

凄《すご》いスピードで飛ばして来た男の子の自転車。小さな子供には、いっそう「凄いスピード」に見えたのだろうけど。

晴美は、急いで先生を呼びに行った。

はね飛ばされて、あの子は頭から血を出して泣き叫んでいた。

「克彦《かつひこ》君が！　克彦君がけがした！」

と叫びながら。

みんなで救急車まで呼んで大騒ぎした。

晴美は心配したものだ。——死んじゃうんだろうか、克彦君？

神様、どうか克彦君を助けて下さい。

その夜、晴美はお祈りした。心配で眠れない——ということはなく、ぐっすり眠った。

そして、翌日、幼稚園に行くと、克彦君は頭にグルグル包帯を巻いていたけど、元気そうに出て来ていた。

晴美は、ホッとして、

「良かったね」

と言ったのだが、克彦の方は、フン、という感じであっちへ行ってしまった。

晴美は頭に来たものだが……。

今になって思えば、「女の子に心配してもらった」なんてことが、照れくさかったのだろう。

でも、そのときは晴美もムッとして、二度と助けてなんかやるもんか、と思ったものだ……。

車が停った。

「何とか間に合った」

と、男が言った。

男が。――結木《ゆうき》克彦が言ったのである。

晴美は、窓の外へ目をやった。

スーパーの裏手だ。今日は何だかスーパーと縁のある日らしい。

「現金輸送車が来るまで、あと五分だな」

と、結木克彦は言った。「準備しとこう」

現金輸送車！――襲うつもり？

まさか！　やめてよ、克彦君！

晴美は、結木克彦が自分の足下のバッグから、短く切りつめた散弾銃を取り出すのを見て、呆気《あっけ》に取られていた。

——悪い夢なら、早く覚めて！

「階段で？」

と、片山は目を丸くした。「冗談だろ？」

「あら、若いのに、だらしないわよ」

と、佐川恭子が言った。

「しかし……」

東京タワーというやつに上ったことは、ないわけじゃない。しかし、いつもエレベーターである。

「階段で上ったりしたら、死んじまう」

「オーバーねえ。ほら、あの不倫カップルも階段よ」

「不倫とは限らないだろ」

「ともかく上ろう！　足をきたえなきゃ、ね？」

片山は無理に引張られて、階段の上り口へとやって来た。

「さ、行こう」

と、あの「不倫」カップルが一足先に上り始める。

「おい、ゆっくり行こう」

と、男の方が笑っている。

「——片山さん、行くわよ」

と、恭子に言われて、

「うん？——ああ」

「何ぼんやりしてるの？」

「いや……。何でもない」

と、片山は首を振った。「まさか……」

「何が？」

片山は、先に上って行った二人を見上げた。男の方の顔をチラッと見たのである。

まさか……。

どこかで見たことがある。それも、仕事絡みで。つい最近？　そうだ。

もしかすると、あの男は——。

誰、と分っていたわけではない。

しかし、何か片山の中に引っかかるものがあった。どうやら手配中の犯人とか、そんな類《たぐい》の顔を見た、という気がするのだ。

「じゃ、行こう」

と、片山は上り出した。

上の方からは、

「もうくたびれたの？　だめねえ！」

と、女の声が響く。「先生！　しっかりしてよ」

先生……。学校の先生か？

「ほら、何を考えてるの？」

と、恭子につつかれて、我に返る。

「いや……。何でもない」

と、上りつつ片山も早くも息を切らし始める。

「だめねえ。しっかりして！　上のお二人、抜こうよ」

「そう頑張っても――」

「悔しくないの？　あっちの方が年齢《とし》いってるわよ」

追い抜くか。――そのときに男の顔を、もっとはっきり見られるだろう。

「よし、行こう！」

と、片山は張り切って上り始めた。

「そうよ、頑張って！」

恭子が楽しげな声を上げる。
足音が響く。——片山はすっかり忘れていたのだ。
自分が高所恐怖症だということを……。

6　罠

どうしよう？

晴美は、迷っていた。

もちろん、結木克彦は晴美のことを自分の仲間だと思い込んでいる。しかし、いざ現金輸送車を襲うときになれば、晴美としては止める他はない。

克彦君……。

「もう来てもいい時間だ」

と、結木克彦は言った。「——あっちも遅れてんのかな。どう思う？」

突然そんな風に訊《き》かれて、晴美はちょっと詰った。

「え、ええ……。道が混んでるんじゃない？」

「そうかもしれねえな」

と、克彦は息をつくと、「——畜生」

手の汗をズボンで拭《ぬぐ》っている。

「ハンカチは？」

と、晴美が訊くと、克彦は急に少し赤くなって、

「忘れちまったんだ」

と、肩をすくめた。「準備万端、整えたつもりだったのにな。この車のエンジンも手入れした。エンストなんか起されちゃかなわねえからな。それに、この銃も。――何一つ落ちはねえと思ってたけど、ハンカチを忘れて来た」

克彦はちょっと笑って、

「これじゃ、あがってますって言ってるようなもんだな」

晴美は、じっと克彦の不安そうな横顔を見ていた。――克彦も、こんなことは初めてなのだ。そうに違いない。

いや、何か悪いことはして来ているのかもしれないが、こんな「大仕事」は初めてなのだ。だからこんなに緊張して汗をかいている……。

今なら。――今ならやめられる。

「――はい」

と、晴美がハンカチを取り出してさし出すと、克彦はびっくりしたように晴美を見て、

「ありがとう……」

と受け取り、手を拭った。

「持ってて。返さなくていいわ」

「そうか？　悪いな」

と、克彦はハンカチをポケットへねじ込んだ。

それにしても……現金輸送車を襲うなんてとんでもないことをやろうとするには、計画がいい加減だ、と晴美は思った。

大体、晴美のことを仲間と勘違いしていること自体、妙である。前に打ち合せもしていないのか。

そう。昔から克彦は計画性のある子じゃなかった。といっても、幼稚園のときのことを持ち出されても怒るかもしれない。

「――畜生、遅いな」

と、克彦はかなり苛立《いらだ》っている。

そのとき――晴美は、車の方へやって来る男を見た。男といっても、ただの男じゃない。

警官だ！

克彦はじっと現金輸送車の来る方角だけを見ているので、他の方向には全く注意が向かないのだ。

どうしよう？――とっさのことで、晴美はほとんど反射的に行動していた。

克彦の手から散弾銃を引ったくると、足下の袋へ放り込む。

「おい！　何するんだ！」

と、こっちを向いた克彦へ、晴美は思い切り抱きついてキスしてやった。

「ム……ム……」

克彦が目を白黒させている。

晴美は克彦の体へ体重をかけて、ぐいぐいと座席の背もたれへ押し付けた。

トントン。——窓を叩《たた》く音で、晴美はパッと離れた。

「おい、お前——」

と言いかける克彦を、晴美は今度はパシッと平手で引っぱたいた。

呆気《あっけ》に取られている克彦を尻目《しりめ》に、窓を開けて、

「お巡りさん、何か？」

と、ニッコリ笑って見せる。

「おい、こんな所でいちゃつくな」

と、中年の警官は苦笑いしている。「ここは荷物の納入のトラックとかが通るんだ。これがあっちゃ邪魔だ」

「ごめんなさい！　いやだって言うのに、この人がどうしてもキスさせろって……。見逃して。ね？」

晴美が両手を合せて拝むと、

「分った。すぐ出ろよ」

と、警官は笑って、そのまま行ってしまった。

晴美は、フーッと息をついて、

「ちゃんと、周りの様子ぐらい、気を付けなさいよ」

と、文句を言った。

――放っておいて、突然警官を見たりしたら、ピリピリしている克彦は発砲していたかもしれなかった。晴美としては、それだけは避けたかったのである。

「お前……勝手なことしやがって！」

と、克彦は真赤になって言った。「ちゃんと――気が付いてたんだ、俺だって」

「あらそう。じゃ、その銃で射殺するつもりだったの？」

「それは……」

と、克彦は詰って、「――お前なんかの知ったことか！」

プイと外を向いてしまう。

晴美は頭に来たが……。同時に、思い出したのである。

幼稚園で、自転車にはねられた克彦が、後でわざと素気なくしていたことを。今の克彦も同じだった。

二十年近くもたって、大人になっているのに、大して変っていないのだ。

そんな克彦を見ると、晴美はますます何とかしてやめさせようと思うのだった。

そのとき——晴美の目に、白い現金輸送車がこの道へ入って来るのが見えた。

「来たぞ」

と、克彦は言った。「本当に来た」

袋から、散弾銃をつかみ出す。

「待って！」

「お前はここにいろ。俺一人でやってやる」

と、無茶なことを言い出す。

「やれるわけないでしょ！」

晴美は拳銃《けんじゅう》を取り出した。

「よし、停ったぞ。——後ろが開いたら飛び出して……」

警備員が一人、車を出てスーパーの裏口へと小走りに急ぐ。——何か連絡がついたのだろう、中からドアが開いた。

同時に、運転席の一人が降りて来て、車の後部へ回って、扉を叩いた。

「行くぞ……」

克彦はドアをそっと開けようとして、「——開かない！　畜生！　故障だ」

「ロックしたままよ」

と、晴美は言った。

現金輸送車の扉が開く。

どうしよう！——晴美は拳銃を振り上げて、克彦の頭を殴りつけようとした。

克彦がやっとロックを外し、ドアを開けて——。

そのとき、信じられないようなことが起きた。

現金輸送車から降りて来たもう一人の警備員が、突然拳銃を取り出し、引金を引いたのである。

銃声がして、運転席から後ろへ回って来た警備員が、胸を押えて倒れる。

「何だ？」

と、克彦が言った。「どうしたんだ？」

「ドアを閉めて！」

と、晴美が言った。「逃げるのよ！」

「だって——」

克彦はポカンとしている。

すると、拳銃を持った警備員が晴美たちの車の方へ駆けて来たと思うと、ドアを開け、

「早く行け！」

と一言、ポンと拳銃を中へ放り込んでドアをバタンと閉めた。

スーパーの中から、銃声を聞いた他の警備員が飛び出して来た。

「早く車を出して!」

と、晴美は言った。

「あ、ああ」

克彦はエンジンをかけ、車をスタートさせた。——が、十メートルと行かない内にガクンと停ってしまう。

「エンストだ!」

克彦が青くなる。「どうしよう!」

「車を出て!」

と、晴美は叫んだ。「逃げるのよ!」

二人は車を飛び出した。

「銃を忘れた」

と、克彦が言うのを、

「そんな物、放っといて!」

晴美は克彦の手をつかむと、猛然と走り出した。

「待て!——停れ!」

と呼びかける声を背後に、晴美は夢中で突っ走った。

商店街なので、細い道があちこち入りくんでのびている。右へ左へ、どこをどう走っているのか分らない。

ともかく、晴美と幼なじみの二人は、必死で駆けて行ったのである。

石津は、夢でも見ているのかな、と思った。

ブルブルッと頭を振り、次に拳《こぶし》でゴツンと頭を殴り、何度も目を開けたり閉じたりした。

しかし――頭はクラクラして痛かったが、何をやっても、そのホームサウナの中の女の死体は消えてなくなりはしなかったのである。

「――何てこった」

石津は、そう呟《つぶや》くと、とりあえずその女性の手首の脈を取って、死んでいることを確かめた。

胸にナイフ。

自分で刺したのでない限り、殺人ということになる。石津は、やや途方に暮れていた。

一瞬、死んだ人には申しわけないが、今夜の食事は中止かしら、という思いが胸をよぎったのも事実である。しかし、そんなことはどうでもいい！

石津はとりあえずこの件を署へ連絡しなくてはならない、と思った。それは正しかった。

急いで階段を下りて行った。――これが間違いのもとであった。

手近な階段を下りたのだが、上って来たときとは別の階段で、下ったには違いないのだが、何だか妙な所へ出てしまったのである。

狭苦しい部屋で、書類やファイルがびっしり並んだ棚が続いている。人気《ひとけ》はなかった。

しかし、一階には違いないだろう。石津は奥へ奥へと進んで行った。どこかから、さっきの受付に出られると思っていたのである。

だが、次のドアを開けると、小さな台所で、ガスの火にかけたヤカンから湯気が立ち上っていた。

「ここ、どこだ？」

と、石津が首をかしげていると、急に足下でガサッと何かが動いた。

「ワッ！」

と、石津がびっくりして飛び上ると、パッと立ち上ったのは、小柄な事務服姿の女の子で、石津と顔を見合せ、

「キャッ！」

と短く悲鳴を上げ、そのまま引っくり返ってしまったのである。

「お、おい、しっかりしろ！」

石津の方があわててしまった。「な、しっかり――。目を覚ましてくれ！」

気絶したらしいその女の子を、石津は揺さぶったが、却《かえ》って目を回しかねないほどの勢いだった。

「参ったな……」

石津としては、二階のショールームにある死体の方も放ってはおけない。しかし、ここにこの女の子を転がして行くわけにはいかなかった。

見たところ二十歳そこそこ。どうやらここは給湯室で、テーブルの下に潜って何かやっていたらしい。

ヤカンのお湯がピーピー音をたてている。

「まさか……水ぶっかけるわけにもいかないしな」

と、石津が呟《つぶや》いた。

相手がヤクザか何かなら、それくらいのことは平気だが、こと女の子となると……。片山が女性恐怖症というのとは違った意味で、石津は「こわしてしまいそう」で怖いのである。

「――そうか」

自分になら、絶対効果的な方法がある。しかし、この子に効くかどうかは別だ。

やってみるか。――害はないだろうしな。

石津は、その女の子の耳元へ顔を寄せると、やや抑えた大声で(?)、

「飯だぞ!」

と怒鳴った。

すると——女の子はパチッと目を開き、

「はい！」

と、手を上げたのだった。

7　逃げる

「ああ、びっくりした」

と、女の子は胸に手を当てて言った。

「こっちだって、びっくりしたよ」

石津は渋い顔で、「しかし単純だな。『飯だぞ！』の一言で気が付いちゃうんだから」

「人のこと言える？」

と、女の子が言い返す。

「どういう意味だよ」

「そんなこと試すっていうのは、自分がそうだからでしょ。図星ね、ドキッとした？」

「フン」

と、石津が目をそらし、「そうだ！　こんなこと、しちゃいられない！」

「何よ、逃げる気？」

と、女の子が石津の腕をつかむ。

「逃げる？　何で僕が逃げるんだよ」

「あのね、『飯だぞ』って言った以上、あんたには私に『飯』をおごる義務があるの！」

「何だって？」

「いやだって言うのなら、いいわよ。私、ここで襲われかけた、って言っちゃうもん」

とんでもない奴に出くわしたもんだ、と石津は呆《あき》れてしまった。

「——ま、いいや。ただし、昼飯だぞ」

「本当？　わあい、やった！　言ってみるもんね」

呑気《のんき》な子である。石津もつい苦笑してしまった。

「一階の、受付の方へはどうやって出るんだ？」

「受付？　じゃ、ここからは出られないわ。一旦《いったん》上って、もう一度二階を通って、反対側の階段から下りるの」

「ええ？　面倒だな」

「しょうがないでしょ、私が作ったわけじゃないもん」

と、女の子は言った。「案内してあげる」

「とか言って、逃げないようにくっついて来る気だろ」

「当り」

と言って、ペロッと舌を出す。

石津はその子と一緒に歩き出しながら、

「ちゃんとおごってやるけど、今日はたぶん無理だよ」

「あら、どうして？」

「これから死体があるって連絡しなきゃならない」

「死体？——死体、って言ったの？」

と、目を丸くする。

「うん。二階のホームサウナの中にあったんだ」

「うそ……。あんなサウナに入りすぎて死ぬ人、いる？」

と、階段を上りながら言う。

「そうじゃない！　胸を刺されて死んでたんだ」

女の子は目をパチクリさせている。——石津は、警察手帳を見せて、

「石津というんだ。君は？」

「私……。石田《いしだ》ユキ」

と、ポカンとして、「——本当に刑事さん？」

「嘘ついてどうするんだ？」

「そりゃあ……。でも——このショールームに死体が？」

「嘘だと思うなら——。どうせ中を通るんだしな」

石津は、またズラッと並んだ浴槽だの便器だのの列の間へ出て息をついた。

「怖い」

と、石田ユキは言った。

「じゃ、目をつぶってろよ」

「でも見たい」

「勝手にしろ」

石津は歩いて行って、「ほら、そこのホームサウナの中に——」

と言いかけ、足を止めた。

「——どれ？」

と、石田ユキは、石津の広い背中のかげに隠れるようにしている。

「いや……。この中のどれか……だと思ったけど」

石津は、全部のサウナのドアを開けて見た。

しかし——どこにも死体はなかった。

「おかしいな……。どこか他にない？」

「ここだけよ、サウナは」

「しかし……」

「夢でも見たんじゃない？」

「違う！」

と、石津は言った。「確かにこの中の一つに、死体があったんだ」

「大きな声出さないで」

と、石田ユキは顔をしかめて、「耳は遠くないわ」

「すまん」

石津は頭を振って、「でも……どうなってるんだ？」

「変ねえ」

と、石田ユキは一緒になって、サウナを覗《のぞ》き込んでいる。

「——石田さん、何してるの？」

突然声をかけられて、石津もびっくりした。見れば、一階の受付にいた、モダンな制服姿の女性である。

「あの……」

「お客様の邪魔しちゃだめじゃないの」

「邪魔してません」

と、石田ユキはムッとしたように言い返した。

「口答えするの？」

受付の女性は厳しい口調で言った。石田ユキが目を伏せる。

「あ、いや……僕が頼んだんです」

と、石津が言った。「サウナに何人くらい入れるのかな、とか。入ってみた感じとか、知りたくてね」

「さようでございますか。──石田さん、じゃ、お客様のご用がすんだら、すぐ持場に戻るのよ」

「はい……」

受付の女性が行ってしまうと、石田ユキは口を尖《とが》らして、

「いけ好かない！」

と言った。

「なかなか怖い人だね」

「ええ。大塚貴子《おおつかたかこ》さんっていって、このショールームの事実上の責任者なの」

と、石田ユキは言って、「ね、どうするの？」

「うむ……。参ったな！」

石津は当惑して、何百もの洗面台や鏡の列を見渡したのだった……。

「──ここまで来たら、しようがないじゃないの」

と、佐川恭子が言った。「今さら下りるってわけにもいかないんだもの」

「いや……。大丈夫」

片山は、途切れ途切れに言った。「ここに置いてってくれ。救助隊が来るのを待ってる」

「冬山じゃないのよ」

と、恭子は苦笑して、「じゃあ……下りる?」

片山はチラッと眼下の光景へ目をやって、

「目をつぶりっ放しでも、下りられると思うかい?」

「無理でしょうね。危くってしょうがない」

「そうだな……」

片山は情ない顔で、まだ先の長い階段を見上げると、「——仕方ない。行くか」

と、立ち上った。

「そうそう! 頑張って。私が支えてあげるから」

恭子は、片山の腕をしっかりと取って、階段を上り始めた。

——東京タワーの階段を上ろうという佐川恭子の言葉に、ついのせられたのが間違いのもとであった。

途中で息切れしたのも確かだが、加えて高所恐怖症と来ている。

やっとここまで来たものの、ついにダウンしてしまったのである。

「片山さんって高い所が苦手なのね」

と、一緒に上りながら、恭子が言った。「先にそう言ってくれれば、無理にすすめなかったのに」

「分ってる……。でも……」

あれ？　どうして俺はこんなことを始めたんだっけ。――片山は首をかしげた。

何か理由があったはずだ。でなきゃ、こんな所までもたないだろう。

しかし、高さの方に気を取られて、すっかり忘れてしまっているのである。

「――あと少しよ、頑張って」

と、恭子が言った。

すると、少し上の方で、

「あと、もう少し！　先生、しっかり！」

という女の声。

「似たような人がいるみたい」

と、恭子は笑った。

「そうらしいね」

思い出した！「先生」と呼ばれている男の方に、何となく見憶《みおぼ》えがあったのである。

そうか、それを確かめたくて上って来たんだった。忘れちゃうというのも大したもんだな、と片山は思った。

踊り場にやって来ると、「先生」と若いＯＬがしゃがみ込んで休んでいる。

「や、どうも……」

と、「先生」が言った。

「お疲れ？」

と、恭子が声をかけて、「こっちもよ」

「やれやれ……」

片山も、階段に腰をおろした。

「だめよ、座っちゃ」

「少し休む。――君、先に行ってもいいよ」

「だめだめ」

と、恭子は笑って、「じゃ、休憩は三分間ね。あとちょっとなんだから」

恭子は、ＯＬの方へ、

「お互い、子守りは大変ね」

と言った。「私、佐川恭子」

「今日は、中堂百合よ。――今日一日はご一緒ね」

「ええ。こちらは片山さん。高所恐怖症なのにこんな所へ来ちゃうドジな人」

よく言うよ、と片山は苦笑した。

「こちらは……私の『先生』」

「先生？」

「ええ、色々事情があって、『先生』としか呼べないの。ね、先生？」

中堂百合は、「先生」の額にチュッとキスした。

「おい……」

と「先生」が赤くなる。

「わあ、凄《すご》い」

と、恭子が面白がって、「こっちも」

「——え？」

片山が顔を上げると、恭子がかがみ込んで、素早くキスした。

「やめてくれ！」

と、片山は青くなって言った。

「あら、失礼ね。せっかくキスしてあげたのに」

と、恭子はふくれっつらになって、「置いてっちゃうわよ」

片山は、しかし、キスのせいだけで青くなったわけではない。そのとき、思い出したのである。「先生」の顔をどこで見たか。

「——さ、行きましょうか」

と、恭子が言った。

片山が立ち上って、頭を振る。

「じゃ、先生も。——ね？」

「うん」

「この四人が最後よ、きっと」

と、恭子が笑った。

片山は階段の方へと向き直ったが——少し足がしびれていたらしい。フラッとよろけた。

「危い！」

中堂百合がパッと片山の腕をつかんだ。

「ワッ！」

片山は、手すりをつかんで、何とか踏み止《とど》まった。

「片山さん！　大丈夫？」

「ああ……。危かった」

片山は、もう一歩退《さ》がっていたら、今上って来た階段を転がり落ちていたに違いない
と思うと、ゾッとした。そして中堂百合の方へ、

「助かりました。——どうも」

と汗を拭《ふ》きながら言った。

「いいえ。良かったわ」

「ともかく上に……」

「ね、交換しない？」

と、百合が言い出した。「上まで片山さんを私が、『先生』を恭子さんがエスコートする」

「それ、面白い！」

恭子がすぐにのって来る。

恭子が早速「先生」の腕を取って上って行く。片山は、

「僕ならもう大丈夫ですから」

と断ろうとしたが、

「そうおっしゃらないで」

と、百合が腕を絡めてくるので、いやとも言えず、仕方なく上り始めた。

「そら、頑張れ！」

と、恭子の元気な声がどんどん先に行く。

「私たちは、ゆっくり行きましょう」

と、百合は言った。

「はあ……」

少し上ったところで、次の踊り場。――すると、突然百合は腕を離して、その場に座り

込んだ。何と、きちんと正座したのである。

「どうしたんです？」

と、片山は面食らって訊《き》いた。

「お願いです」

と、百合は両手をついた。「待って下さい。一一〇番するのは」

片山は何とも言えなくなってしまった。

「——さっき、あなたの表情を見ていて、分りました。先生のことを——」

「水野さんですね。婚約者を殺して逃げている」

と、片山は言った。「知ってるんですか、それを」

「私の大学のときの先生です」

「それで——」

「偶然出会ったんです。——お願い。今日一日、私にあの人を預けて下さい」

「中堂さん……でしたっけ」

「刑事さんですね」

と、百合は言った。「さっき、落ちそうになるのを止めたとき、チラッと上着の下に……。銃が見えました」

「そうですか」

片山はため息をついて、「じゃ、分るでしょう？　通報しないわけにはいかないんです」

「ええ。でも、先生は逃げません。本当です。あの人は……死ぬつもりです」

「何ですって？」

「私、せめて一日だけ延してくれ、と頼んだんです。このバスでの短い旅が終ったら、先生は死ぬつもりです」

片山はチラッと上へ目をやった。

「刑事さん。――私、先生を愛してました。この一日だけ、先生に安らぎをあげたい。どうか、あと何時間か、見逃して下さい。お願いです」

百合は、下へ頭をこすりつけんばかりにして言った。

片山は、もちろん自分がどうすべきか分っていた。手配中の殺人犯がすぐ近くにいるのだ。周囲に危害を加えないとも限らない。

すぐに逮捕して、ここのガードマンにでも協力してもらい、応援の警官を呼ぶ。

課長も喜ぶだろう。

そうだ。――そうするべきなのだ。

片山は、じっと頭を下げている中堂百合を見ていた。

「顔を上げて下さい」

と、片山は言った。「ともかく、上へ行きましょう」

「はい……」

百合は立って、また片山と一緒に上り始めた。

「——やっと着いた！」

という声が上で聞こえている。

「あと少しか」

と、片山は息をついて、「まさか、こんな所で出くわすとはね」

「刑事さん——」

「『片山さん』と呼ばないと、先生に分ってしまいますよ」

と、片山が言うと、中堂百合は足を止め、目を潤ませて、

「ありがとう！」

と言った。

8　見知らぬ影

「いい日和だな」

と、内海伸広は言った。

「本当にね」

と、咲子も少しまぶしげに青空を見上げて、「気持がいいわ。――こんな日で良かった」

「うん、そうだな」

と言って、内海は振り返った。

砂利道を、少し遅れて娘のあずさがついて来る。その足下にはあのスーパーからついて来た三毛猫が一緒に歩いていた。

「――咲子」

と、内海は言った。「なあ、本当にいいんだろうか。あいつを一緒に連れて行っても」

「あなた」

と、咲子は首を振って、「考え出したら迷うわよ。でも、あの子はそれでいいと思ってるんだし」

「うん……。それは分ってる」

「今さら、どうするって訊《き》くのは却《かえ》って可哀そう。このまま一日過しましょうよ」

「そうだな」

と、内海は肯《うなず》いた。

「もし、そのときになって、あずさが、やっぱりいやだと言ったら……。そのときはあの子に任せればいいわ」

「よし、分った。そうしよう。——すまん。どうも俺の方が度胸が座ってないな」

と、内海は笑った。

「パパ、いいんだよ、先に行っても」

と、あずさたちが追いついて来る。「この猫とのんびり行くから」

「ああ。しかし、ここで迷子になると、見付けられんぞ」

——広い霊園。どこまでも続くお墓の列。

平日で、穏やかな天気の下、内海たち以外には人の姿が見えなかった。

「ごめんね、あずさ。こんな所、退屈でしょ？」

と、咲子が言うと、

「ううん。とってもいい気持だよ」

と、あずさは言った。「ちゃんとおまいりしておいた方がいいよね。おじいちゃんとおばあちゃんが、途中まで迎えに来てくれるかもしれないし」

内海は微笑んで、

「いいこと言うな、お前も」

と、娘の頭を軽く叩《たた》いた。

「パパ、触んないで。髪が乱れるでしょ」

と、あずさがにらんだ。

「すまんすまん」

と、内海が笑う。「じゃ、行こう。なに、急ぐこともない」

――お花と手桶《ておけ》をさげて、パパとママが歩いて行く。その後ろ姿を見ながら、あずさはわざとゆっくり歩いていた。

パパとママ、二人で話したいこともあるだろう。そう思って、あずさはゆっくり歩いているのである。

あずさは、整然と並ぶ墓石を眺めながら、死んだら、みんなこんな所へ入るんだ、と思った。

前もって、「これから入ります」って挨拶《あいさつ》するのも面白いな、と思った。

正直、今日一日どうなるんだろう、とあずさは心配していたのだ。ママは泣虫だし、パパも気が弱い。――二人して泣いてばっかりいるんじゃないかと心配だったのである。

でも、心を決めてしまうと、ずいぶん二人とも楽になったようで、あずさがびっくりするくらい、ママなんかよく笑った。

でも――こうしてお墓へやって来たりすると、あずさも少しドキドキして来る。死ぬときは薬か何かのんで、楽に死ねるだろうけど、それでも自分のお葬式があって、友だちがみんな泣いたりするだろうと思うと、あずさの胸はちょっと痛むのだった。

でも――そうだよね。これでいいんだ。

私一人生きてくなんて、そんなのいやだ。

ふと、足を止める。

あの猫がいない。振り返ると、一つのお墓の前で足を止め、じっとお墓を眺めているのだった。

「どうしたの？――何かいた？」

と戻って行くと、「ね、何を見てるの？」

と、しゃがみ込んだ。

妙だったのは、どう見ても、その三毛猫がお墓を眺めているとしか思えなかったことで……。

でも、そんなことってある？　猫がお墓を見て何が面白いだろう。

「――何を見てるの」

と、話しかけてみる。

「ニャー」

猫は、あずさを見て鳴くと、また目の前の墓へ目を向けた。

その瞬間、あずさは頭の中に、

「見てごらん」

という猫の言葉を聞いたような気がした。

もちろん――そんな馬鹿なことがあるわけないけど。

でも……。本当に聞こえたような……。

そして目の前のお墓を見たあずさはドキッとした。

その墓は、荒れ果てていた。――たぶん、もう何年も訪れる人がないのだろう。墓石は汚れ、文字がほとんど読めない。雑草が一杯にはびこって、墓石を埋れさせてしまいそうだった。

こんな風になっちゃうの？　私たちのお墓も？

あずさは、まるで「死んだ人」を見せられたかのような気がして、ゾッとした。そこにあるのはただの石だ、と自分へ言い聞かせても、心は落ちつかなかった。

「忘れられる」ということの怖さを、あずさは実感したのだった。

友だちも、きっとワンワン泣いてくれるだろう。しばらくは、学校でもあずさのことが話に出るだろう。でも……。

いつまで？　何日間、自分のことを、みんなは悲しんでくれるだろうか。

もちろん――そんなの、死んでしまえば分りゃしない。関係ない、と言ってしまえばそれまで。

ただ……あずさは、怖いと思った。

死ぬことが、じゃない。忘れられてしまうことが、怖かったのである。

「――あずさ、どうした？」

パパの声が聞こえて、あずさはハッとして立ち上ると、

「今行く！」

と、大声で言って駆け出した。

パパとママの後を追うというよりは、荒れ果てたお墓から逃げ出そうとして……。


「待ってくれ！」

と、克彦が音を上げた。「もう……だめだ！」

「何言ってるの！　しっかりしてよ！」

晴美は叱りつけた。「そんなことで、よく強盗なんてやる気になったわね！」

――晴美だって、正直なところ息が苦しくてたまらない。しかし、安心できる所まで逃

げてはいないのである。

「なあ……。待ってくれ！　もう——捕まってもいい！」

克彦はドサッと地面に座り込んでしまった。

「もう……」

晴美は、周囲を見回した。「——じゃ、その公園の中に。ベンチがあるわ」

「ここでいい」

「だめ！」

「——分ったよ」

と、克彦はため息をついて、「おっかねえ奴だな」

晴美は、文句を言う克彦を引張って公園の中へ連れて行き、ベンチに座らせた。

「——待ってて」

晴美は公園の出入口を確かめてから、ベンチへ戻って、「どっちから来ても逃げられるわ」

と、自分も腰をおろした。

「お前……落ちついてるな」

と、克彦が呆《あき》れたように言った。

「しょうがないでしょ！　あわてふためいたって」

と言い返して、「ともかく少し休みましょう」

汗がふき出してくる。

「どうなってるんだ?」

「こっちが聞きたいわよ」

「うん……。あんなはずじゃなかったのに」

と、克彦が首を振って、「何も問題はなかったんだ」

「どう見ても、ガードマンが一人撃たれたわよ。その銃はあんたの車の中で見付かる。車には盛大にあんたの指紋がついてる」

「指紋が……」

と、克彦が青ざめる。

もともと青くなっていたので、目立たなかったが。

「指紋……登録されてるの?」

と、晴美は訊《き》いた。

克彦は少しためらって、

「うん……」

と、肯《うなず》いた。

「何をやったの?」

「何だっていいだろ」

と言い返してから、「ケンカして……ついやりすぎたのさ」

「──殺したの」

「いや……重傷だった」

「すぐカッとなるのね、昔から」

つい、そう言ってしまってハッとしたが、克彦は気付かず、

「参ったな！　どうなってるんだ？」

と、頭を抱えている。

「落ちついて。──初めから考えてみましょうよ。手はずじゃ、どうなってたの？」

克彦は、汗を手で拭《ふ》いて、

「俺は……格好だけでいいと言われてた。もう、向うでちゃんと話がついてるからって。あの銃を構えて突きつけりゃ、おとなしく金をよこすってことになってた」

「じゃ──撃つ気じゃなかったのね？」

「当り前だ。大体、弾丸《たま》なんか入ってねえよ」

晴美は思い出した。自分のバッグを持って逃げていたのである。

中から拳銃《けんじゅう》を取り出すと、弾倉を抜いて見る。

「──ちゃんと、弾丸は入ってるわよ」

と、晴美は言った。

克彦は唖然《あぜん》として、

「本当か？」

「ほら。——見えるでしょ」

克彦はポカンとしていたが、やがて晴美を見て、

「お前、自分で入れたんじゃないのか？」

と言って——、「分った！　冗談だ！」

いかに晴美が怖い顔をしたか、分ろうというものである。

「どうやら、あんた、はめられたようね」

「はめられた？」

「強盗殺人犯に仕立てられたってことよ」

「何もしてねえぞ」

「そんな言いわけ、通ると思う？」

「うん……。そうだな」

どうやら、克彦もやっと自分の立場に気が付いたようだった。「どうしよう？」

「まず、あんたにこの仕事を頼んだ人間。分ってて仕組んだに決ってるんだから。下手にノコノコ出かけてって、『こんにちは』って顔出してもだめよ」

「待てよ、お前だって分ってんだろ。俺と同じ奴から話が来たんじゃないのか」

「私？　私は何も聞いてないわ」

「聞いてないって――」

「あんたが人違いして、私を車に乗せただけなの」

晴美の言葉に、克彦は目をパチクリさせていたが、

「――嘘だろ」

と笑って、「それで逃げようったって、そうはいかないぜ」

「そう？」

晴美は克彦の顔へぐいと銃口を突きつけた。

「おい！　危いじゃねえか！」

と、目をむく。

「私が逃げるつもりなら、とっくにあんたのことなんか放ってくわよ。それともここで一発お見舞して行くか、ね」

「やめてくれ……。痛いのって苦手なんだ」

「じゃ、信じる？」

「うん……」

と、何度も肯く。「――でも、人違いだって、どうして言わなかったんだよ」

晴美は、少し間を置いて、

「——付合ってみるのも面白いかな、と思っただけよ」

と言った。「じゃ、出かけましょ」

「どこへ？」

「あんたが仕事を頼まれた人の所へ。——分ってるんでしょ？」

「ああ……。たぶん」

と肯《うなず》く。「でも——」

「何？　まだ何かあるの？」

「腹が減って動けねえよ」

晴美は、克彦をけとばしてやりたくなった……。

静かに手を合せて、じっと目をつぶっていると、あずさの気持も大分落ちついて来た。

「——良かったわ。ここへ来て」

と、咲子が言った。「ね、あずさ？」

「うん」

と、しっかり肯いて、「凄《すご》くいい気分」

本当に。お墓におまいりするってことが、こんなに気持のいいものだということを、あずさは初めて知った。

さっきの荒れ果ててしまったお墓のことを思い出して、せっせと掃除もしたし、雑草を抜いたりもした。

もし、自分たちがここへ入って、その内誰もここをきれいにしてくれる人がいなくなったとしても、しばらくはこれで大丈夫だろう。

「――さ、行こう」

と、内海が言った。「時間ばっかり過ぎて行く。どこか行きたい所があるんだろ？　あずさ、どうする？」

「え？　私……。どこでもいい」

「何だ、お前のいい所にしようって決めたんじゃないか。言っていいんだぞ。ディズニーランドでもどこでも」

「いいよ、別に行きたくない」

と、あずさは言った。「それより――のんびり寝転がってられる所がいいな」

「そうか。――母さん、何か考えあるか？」

咲子は、歩き出しながら、

「そうね。――お昼でも食べない？」

と言った。

「ニャー」

「この猫も賛成してる」

と、あずさは笑った。「本当に、この三毛猫、人の言葉が分るみたいなんだよ」

「へえ。不思議な猫だな」

三人が楽しくおしゃべりしながら、砂利道を歩いて行くと——。

「お経だわ」

と、咲子が言った。

読経の声と、かすかに漂っているお線香の匂い……。

「ああ、そこだ」

と、内海が小声で言った。「納骨だな」

少し離れたお墓の周囲に、十人ほどの人が固まっていて、香の煙が立ちこめていた。

「納骨って——お骨《こつ》をお墓の中へ入れるんでしょ」

と、あずさは訊《き》いた。

「そう。これで本当のお別れね」

三人は、横目で見ながら、足音をたてないよう気を付けて、通り過ぎた。

中学生や高校生ぐらいの子供が三人、制服姿で手を合せているのが目に入った。

「——お父さんが亡くなったのね、きっと」

と、咲子は言った。「まだ若かったんでしょう。気の毒に」

あずさは、あんまり人のことも言えないなあ、と思った。

三人は——三毛猫が先に立って歩いていたが——砂利道を折れて、霊園の出口の方へと向った。

すると——猫がピタリと足を止め、あずさの方をパッと振り返った。

「ね、パパ」

と、あずさが言った。「ちょっと止れって言ってる」

「何だ？」

「この猫……。何か見たんだ。——そうなんだよね？」

もう一本の砂利道が交差する場所だった。猫はその角から首を伸して向うを覗《のぞ》いている。

「何かあるんだ」

「何か、って？」

咲子が不思議そうに、「いやよ、ママ。ネズミなんかいたら、悲鳴上げちゃう」

「そんなんじゃないよ。この猫はそんなもの、興味ないんだ」

自分で言っておいて、あずさはびっくりした。どうしてこの猫のことがそんなに分ったような気でいるんだろう？

あずさは、猫にならってそっと覗いてみた。

女の人が一人――黒いスーツに身を包んで立っている。じっと手を合せているのを見ると、おまいりしているのには違いないだろうけど……。

でも――何となく妙だったのは、女の人の向きが……。お墓に対して斜めになっていることだった。

「――そうか」

と、見ていた内海が振り返って、「今、納骨していた墓の方へ向って拝んでるんだ」

あ、そうか。あずさも振り返ってみて、分った。その若い女の人は、別の墓の間から、納骨の様子を盗み見るようにして手を合せているのだった。

「――どうしてあんな所でおまいりしてるんだろ」

と、あずさが言うと、

「何かわけがあるのよ。ご遺族と一緒にいられないわけが」

と、咲子が言った。

「ああ……。そうか」

あずさだって、もう十四歳である。TVのドラマとかで色々見て知っている。

あの女の人、きっと死んだ人の恋人だったんだ。でも、奥さんや子供さんの前には出られない……。

あずさは、その人が白いハンカチで目頭を押えるのを見た。

「──行こう」

と、内海は促した。

三人は、黙りがちになって、砂利道を歩いて行く。三毛猫は少し離れて三人の後からついて行った。

──内海たちは、霊園の事務所に寄って、買って来ておいたお菓子を渡したりして、

「よろしくお願いします」

と挨拶《あいさつ》した。

駐車場へ向いながら、お昼はどこで食べようか、ということになり、

「そういえば──」

と、内海が咳《せき》払いして、「この先に、T公園って大きな公園があったな」

「ああ、そう。この近くね」

「行ってみるか？」

「食べる所、あるの？」

と、あずさが訊くと、内海は少し照れたように、

「うん。実は──母さんと、結婚前に行ったことがある。な？」

「ええ。でも、ずいぶん前よ」

と、咲子が笑った。

「パパ。初めっから、そこへ行くつもりだったんだね」

と、あずさが笑ってにらんだ。

「実はそうだ。あずさ、構わないか?」

「うん。——ね、一つ教えて」

「何だ?」

と、内海は車のロックをあけながら訊《き》く。

「そのとき、私ってもうお母さんのお腹にいたの?」

「馬鹿! まだそんな……。なあ、母さん?」

「さあ、どうだったかしら? 忘れたわ」

と、咲子がとぼける。

三人は大笑いしながら、車に乗り込んだ。はた目には、とても一家心中しそうな家族に見えなかっただろう。

「行こうか」

あずさは猫と一緒に後ろの席。車がブルッと身震いして動き出すと、駐車場を出ようとして——。

「危い!」

と、咲子が叫んだ。

車の前に、フラッと人影が現われたのだ。

急ブレーキが鳴って、車が停った。

「あなた――」

「ぶつけなかったと思うが……」

内海は青くなっている。急いでみんな車から出た。

車の前に倒れていたのは、黒いスーツの若い女性で……。

「あ、この人、さっきの」

と、あずさは言った。

さっき、一人離れた所で手を合せていた女性である。

ぐったりとしたその女性を抱き起して、内海は、

「――うん、気を失ってるだけだろう。特にけがしてる様子もないが……。どうしよう?」

と、当惑顔で咲子の方を見上げた。

咲子は、少し迷ってから、

「車に乗せてあげたら?」

と言った。

「車に? しかし――」

「気が付いてから、どこかへ送ってあげてもいいわ。もし具合悪ければ病院へでも」

「そうか……。ま、ここじゃ休む所もないしな」

「あずさ、手伝ってあげて」

「うん」

「大丈夫。俺一人で運べる」

と、内海が言ったが、

「そうじゃないの」

と、咲子は首を振った。「その人、妊娠してるわ」

9　人嫌い

「里沙子《りさこ》さん、お茶はどうしたの？」

「あ、はい。——さっき頼んだんですけど」

「お店の人はね、忙しいの。あなたが自分で取ってくればいいでしょう」

「はい、すぐに」

椅子をガタつかせて立ち上る。

「音をたてないで。食事してらっしゃる方のお耳障りでしょ」

「すみません」

「いいから、お茶を取ってらっしゃい」

「はい」

城戸《きど》里沙子というのが、その女性の名前だった。一緒に来ているのは、夫の母親、城戸佐和子《さわこ》。

「——頭に来ちゃう」

と、片山の隣で、佐川恭子が言った。「あんなお姑《しゅうとめ》さんなんか、とっても我慢できないわ、私」

「しっ、聞こえるよ」

と、片山は言った。

「聞こえたって、気にするもんですか、あんな人」

実際、城戸佐和子はたぶん六十代の半ばというところだろうが、至って元気。はた目には、いつも駆け回っている嫁の里沙子の方がずっとくたびれて見えた。

「――どうも、嫁がお騒がせして申しわけありませんね」

と、佐和子が食堂の中に響き渡るような声で言った。「気のきかない嫁で。ご勘弁下さいな」

里沙子が、大きなポットを抱えるようにして持って来る。

「お母様、お茶です」

と、湯呑《ゆの》みに注《つ》いで、「どうぞ」

「はいはい」

と、佐和子は手に取って、「何、これ？　お茶がこぼれてますよ。みっともない！　テーブルに跡がつくでしょ。そこのナプキンで拭《ふ》いときなさい」

「はい」

里沙子は、額に汗を浮かべている。

「皆様にもお茶をさし上げて。それが礼儀というものよ」

「はい、すぐに」

――バスが立ち寄った昼食場所は、お弁当では割合に名の知れた所。

もっとも、定期観光バスの客はこの二階の広い部屋へ上げられて、ちゃんとテーブルに用意されたお弁当を食べるのである。

しかし、今日は下の店が混んでいるようで、お茶の仕度が間に合わない。それで、城戸佐和子の苦情となったのである。

「おいしいわ、このお弁当」

と、恭子は肯《うなず》いて、「この料金で、お弁当代も入ってるんですものね。よくやってけるわね」

「うん……」

「片山さん。――どうかした？」

「あ――いや、何でもない」

と、片山はお弁当を食べて、「――君、もう食べたのか。早いなあ」

「早食いが特技」

と、恭子は笑って、「他にいばれるようなこと、ないんだもん」

「そんなことないじゃないか」

「あら、どこか魅力ある？　言ってみて」

　そう言われると、片山も困ってしまう。

「まあ、そりゃ……色々と、人にもよるし……」

と口ごもっていると、恭子は笑い出した。

「片山さんって正直ね！　いくらでもうまいこと言えそうなのに。それじゃプレイボーイにはなれないわ」

「なりたくもない」

と、片山は苦笑した。

「お茶、どうぞ」

と、里沙子がポットを手にやって来ると、

「私、代ります」

と、恭子が立ち上って言った。

「あ、いいんです。私、やりますから」

と、里沙子は言った。

「いいえ、大丈夫。私、もう食べちゃったの。ね？　見て分るでしょ。あなた、まだ全然手つけてないでしょ、お弁当。食べそこなっちゃうわよ。そう時間ないんだし」

「でも……」

「里沙子さん」

と、ちゃんと話を聞いていたらしい佐和子が声をかけ、「せっかくそうおっしゃって下さるんだから、お願いしてあなたも食べなさい」

「はい。——じゃ、すみませんが」

「ええ。ゆっくり召し上って」

里沙子がテーブルに戻って行くと、

「早く食べないと、遅れて迷惑かけるわよ」

と、佐和子が言うのが聞こえた。

「——呆《あき》れた」

と、恭子は片山の湯呑みにお茶を注いで、「じゃ、他の所に注いでくるわ」

「ご苦労様」

片山は、一口お茶をすすって……小さなテーブルで向い合って食べている水野初と中堂百合を眺めた。

やれやれ……。

俺はどうしていつもこうなんだろう？

犯人に出くわしたと思うと、あの女性の頼みにいやとも言えない。

しかし——確かに水野はひどく楽しげで落ちついている。突然暴れ出すという心配はなさそうに見えた。

そういえば、水野の事件にしても、婚約者を殺したのだったが、動機が今一つはっきりしないと聞いていた。片山の担当ではないので、詳しいことは知らなかったが、こうして見ている限り、水野は簡単にカッとして人を殺すというタイプには見えない。

ともかく今は、あの「元教え子」と話をしていて、幸せそうである。——ただ、自殺しようというのなら、止めなくてはならない。

そのときは、あの中堂百合も力になってくれそうな気がした。

「——ご苦労さん」

と、片山は戻って来た恭子に言った。

「変な人ね」

と、恭子は顔をしかめた。

「あの嫁いびりかい？」

「ううん、そうじゃなくて、あの一人で来てる男の人」

「ああ、あれか」

と、片山も目をやって、「変ってるね、見るからに」

バスの中でもずっと一番前の席に一人で座っていて、コートを着たまま。東京タワーの展望台でも、誰とも口をきかず、一人でポツンと離れていた。

そして、ガイドの女性が、

「記念写真を」

と呼びかけても、

「俺は写真が嫌いだ」

と断っていたのである。

「お茶注いでやったんだけど、ジロッと黙ってこっち見ただけで、礼を言うでもなし。別にお礼言ってほしいわけじゃないけど」

そう。――弁当を食べるにも、コートをきっちりと着たままである。

「一人でバスに乗って、何してるのかしらね」

と、恭子は首をかしげた。

「色々いるさ、世の中」

いつもの片山なら、もう少しその男のことを気にしただろう。

しかし、今の片山はどうしても水野と中堂百合の方に気を取られているのである。

「ちょっと手を洗ってくるよ」

と、片山は立ち上った。

――百合は、あの刑事がトイレに立つのを目で追っていた。

「どうした?」

と、水野が訊《き》く。

「え？——別に。わあ、先生、もう食べちゃったの？」

「旨《うま》かった。意外だね。そう馬鹿にしたもんでもない」

「ええ。私、食べるの遅くて」

「そうだったかい、学生のころも？」

「よく、本を読みながら食べてたの。だから、時間がかかるのよ」

「なるほど」

と、水野は微笑んだ。「——中堂君」

「百合って呼んで」

「百合か……。何だか照れるよ」

と、水野は言った。「君にはお礼を言っとかないと。もう、この後、二人で話せる時間があるかどうか分らないからね」

「先生——」

「いい思い出ができた。今朝の……あの気分のままだったら、それこそ自分でも惨めだったろう。でも、君のおかげでずっと気持が楽になった。もちろん、彼女を殺したことを忘れたわけじゃない。でも、とてもスッキリした気分で……死ねると思う」

「先生」

百合が、何か言いかけて、ためらった。

「さあ、食べて。昼食時間が四十分ってのは短いな」

と、水野は腕時計を見た。

「先生……。途中で出ましょう」

と、百合が食べながら言った。

「出る？」

「この後、どこか見物で降りたときに、そのまま二人でどこかへ行っちゃいましょう」

「君――」

「今日一日、私のもの。ね？　その約束でしょ？　このバスツアーが終るまで、なんていやよ。早すぎるわ」

「小さな声で――。しかし、どうしようっていうんだい？」

「お邪魔はしません」

と、百合は弁当を食べながら言った。「先生のしたいようにするのを、止めたりしません。でも……その前に、私のために時間をちょうだい」

「君のために？」

「私の部屋でもいいし、どこかのホテルでもいい。私を抱いて」

水野は啞然《あぜん》として百合を眺めた。

——恭子は、あの「意地悪なお姑《しゆうとめ》さん」がトイレに立って行くのを見て、立ち上ると、テーブルに残ってお弁当の蓋《ふた》を閉じている里沙子の方へ歩いて行った。

「いかがですか、これ？」

と、恭子はバッグにあったアメの缶を差し出した。

「あ……。どうもありがとう」

と、里沙子は微笑んでアメを一つ取った。「助かるわ。バスに割と酔う方なの」

「そうですか。よかったら、これ、持ってて下さい。大して残ってないけど」

と、缶ごとテーブルに置く。

「どうも。——いいの？」

「ええ。でも……酔う暇もないんじゃありませんか」

里沙子は笑って、

「ごめんなさい。義母《はは》は声が大きくて」

「いいえ。大変ですね」

「そう……。悪い人じゃないんだけど、わがままで」

と、小声で言って、「危い危い。悪口はよく聞こえるの」

「そうでしょうね」

と、恭子は笑って言った。「ご主人は——」

「忙しくて、義母のことは私に任せっきり。でも、三人で暮してるから、何とかうまくやって行かないとね」

里沙子はゆっくりお茶を飲んで、「あなた、大学生？」

「ええ」

「一緒にいる人、やさしそうね」

「ちょっと頼りないけど、いい人です」

「若いっていいなあ……」

と、里沙子は呟《つぶや》くように言って、「私はもう三十二……。でも、老けて見えるでしょ」

「あら、可愛いですよ。三十前かと思った」

「ありがとう」

と、里沙子は楽しげに、「この髪、大分白くなってるの、本当は」

「大丈夫。まだまだもてます。何なら、うちの大学の男をご紹介します」

「まあ、お願いしようかしら」

と言って、里沙子は笑った。「――義母が戻るわ」

「じゃあ……。後で」

恭子は、自分のテーブルに戻った。もう片山も戻っていて、

「そろそろ時間だな。確かバスに集合だったよね」

と言った。

「ええ。——あ、あの二人」

片山は、水野と百合が腕を組んで先に出て行くのを見送った。

「どう見ても、不倫。——ね？」

「うん？　ああ……。そうだね」

片山は、複雑な思いで見送っていたが、「——ちょっと電話してくる」

と立ち上った。

「じゃ、下でかけたら？　もう行きましょ」

「そうするか」

片山は、店の入口わきの電話で栗原へかけた。

「何だ、外にいるのか」

と、栗原が言った。

「課長。あの水野って大学の助教授が婚約者を殺した事件ですが」

「うん？　ああ、あれか」

「動機がはっきりしないとか聞いたんですが、何か分りましたか」

「さて……。どうしてだ？」

「いえ、ちょっと興味があって」

「それなら、訊《き》いとく。後でいいか？」

「また電話します」

片山は電話を切って、外へ出ようとして、あのコートを着た男とぶつかりそうになった。

「失礼」

と、片山は言ったが、相手は黙ってバスの方へ行ってしまう。

片山は初めて、ちょっと不安な予感を覚えたのだった……。

10　殺し屋見習い

「変だな」

と、石津が首をかしげると、石田ユキが笑った。

「——何かおかしいかい？」

と、石津が目をパチクリさせる。

「だって……。独り言でしょ、今の？」

「そのつもりだけど」

「大きな独り言。店中に聞こえてるわよ」

「そうかい？」

石津はキョロキョロと店の中を見回した。

——レストラン、といっても至って大衆的な店である。お昼どきで、混雑している。

「何だか悪いわね。本当におごらしちゃって」

と、石田ユキは早々とランチを食べ終えて言った。

石津の方は？　もっと「早々と」食べ終っていたのである。

「どうなってるの？」

と、石田ユキが言った。「本当の刑事さんよね。それなのに……」

「待ってくれ」

と、石津は止めた。「僕はね、自慢じゃないが、現実的な人間なんだ。幻なんて見るタイプじゃない」

「分るわ」

「そう？」

「その食べっぷり見れば」

石津は、やや複雑な表情で肯《うなず》いた。

「本当は――食べたくなかったんだ」

「どうして？」

「今夜のために。――ま、どうでもいいんだがね」

と、急いで続ける。「確かにあのホームサウナには死体があった」

「しっ！　大声でそんなこと――」

と、ユキが身をのり出す。

「ああ、分ったよ。でも……。間違いなく見たんだ。同じ制服の女が――」

「同じ制服？　私と？」

と、ユキが訊《き》く。

「いや、あの受付の人と同じだ」

「大塚さんと？――そう」

ユキは肯いて、「ここで待ってて」

と言うと、レストランを出て行った。

石津は正直、後悔していた。――つい、昼を食べてしまった！

悩みごとがあるときは、食欲が増すという珍しい体質なのである。

しかし一応石津も刑事だ。あの死体を見たことは確かだと信じている。ただ、事件だというには、やはり死体がないことには始まらない。

一瞬でも、自分が勘違いかと思ってしまったのが、対応を遅らせてしまった。あのとき、ちゃんと応援を呼んであの中を捜索するべきだったのだ。

もう、今となっては時機を逃してしまった。

今さらどういう口実であそこを調べられるだろうか。――石津は考え込んでしまった。

片山と晴美の所へも連絡してみたが、どっちも捕まらない。ホームズだけいても、電話で相談もできない。

「俺だけがどうしてこんな目に……」

みんなもっと大変な目にあっているのだが、そうとは知らない石津は嘆いた。

と、石田ユキが戻って来て、息を弾ませながら、「これ、この間社員旅行に行ったときの写真なの」

と、一枚の写真をテーブルに置く。

女ばかり七、八人がにぎやかに固まってうつっている。

「右の端が私よ。分る？」

「ああ、よくとれてる」

と、石津が言うと、

「女の子にはね、『実物の方がいい』って言うもんよ」

「そうかい？――実物の方がいい」

ユキはふき出した。

「石津さんって正直ね。――右から三人目の人、さっきの大塚貴子さん」

「ああ、そうか。制服じゃないと、大分違って見えるね」

大塚貴子も、セーターとスカートという格好では、ごく普通の娘である。

「後ろの立ってる人、いるでしょ。少し背の高い」

「うん。顔が少し隠れてる――」

「そうそう。ね、石津さんの見たのって、その人じゃなかった？」

石津は、じっと写真を見つめ、それからあのサウナにいた女と重ねてみようとした。しかし……どうしてもよく思い出せない。

「だめだな。――はっきりしない。あのとき、もっとよく見とくんだった」

「そう。残念ね」

「誰なんだい？」

「この人、原口《はらぐち》さんっていうの。原口充子《みつこ》。――大塚さんと二人で、あの受付を担当してるのよ」

「二人で？　すると、あの制服の女性はその二人だけ？」

「そうじゃないわ。お客さんの相手をして、案内したり説明したりする人は、みんな同じ制服。今もたぶん三人くらい中にいるはずよ」

「しかし、あのときは誰もいなかったよ」

「今日は本社の会議だから、朝の内、みんなそっちへ出てたのよ。もちろん、ショールームも開けなきゃいけないから、大塚さんはこっちへ来てたわけだけど」

「君は？」

「私は正式な社員じゃないもの。いわばアルバイト。――一応、準社員っていって、同じような扱いだけど、いつでもクビにできる。いやなもんね。今は不景気でしょ」

と、ユキは言った。

「君……。もし、その――原口だっけ、その人が殺されてたんだとしたら、大変なことだよ」

「うん。分るわ」

「何か――その、原口って人が殺される理由でも？」

ユキはちょっと店の中を見回して、

「並んで待ってる人がいるから、出ましょう」

と立ち上った。「お話するのに、ちょうどいい所があるわ」

「分った」

石津は、支払いをすませてレストランを出た。

ユキは、石津の腕を取った。

「おい……」

「大丈夫。取って食べたりしないわ」

と、ユキは笑って言った。「ね、恋人いるの？」

「恋してる人はいる」

「恋してくれてる人は？」

「さあ」

と、肩をすくめて、「その人も――お兄さんと猫さんが許してくれりゃね」

「猫さん？　変った名前ね」

「いや、何でもないんだ」

と、石津は言って、ギョッとして立ち止った。「ここは？」

「ホテル。――日本語、読めるでしょ？」

「うん、しかし――」

「大丈夫。秘密の話にはぴったりの所でしょ、ここ」

「しかし……」

「さ、お昼休みが終っちゃう！」

「しかし……」

――何度もしかし、と言っている間に、石津はホテルの中へ引張り込まれていたのである。


「ここ？」

と、晴美はそのビルを見上げた。

「ああ、ここだ」

と、克彦が肯《うなず》く。「――ちょっとボロいみたいだけどな」

ちょっと、どころか……。

　今にも崩れそうな、といってはややオーバーかもしれないが、三階までしかない、古いビル。

「この中の、どの部屋？」

「二階さ。今でもちゃんと憶《おぼ》えてる」

「自慢になんないでしょ、引っかけられといて」

　と、晴美は言った。「ともかく入ってみましょ」

　――克彦は、昼食をとって、大分元気になっていた。もっとも、支払いは晴美が持ったのだが。

　そして、克彦が今度の仕事を頼まれたという男と会った場所へやって来たのである。

「――暗いわね」

　晴美は階段を上って行った。

「おい、待てよ。――もし向うが俺を騙《だま》したのなら、やばいんじゃないか？　こんな所に来て」

　と、克彦が言った。

「そんなこと、今ごろ気が付いたの」

　と、晴美は足を止めて振り向いた。

「え？」

「ここがあんたの死に場所よ」

晴美は拳銃《けんじゅう》を構えると、銃口を克彦へ向けた。——克彦が呆気《あっけ》にとられている。

「何してんだ?」

「私はね、万一あんたが逃げたときのために雇われた殺し屋なの。せっかく命拾いしたのに、残念ね」

「待ってくれ!」

と、克彦は青くなって、「おい、そんな……。ずるいぞ」

「文句はあの世で言って」

晴美は引金を引いた。古いビルの中に銃声が響き、克彦はその場に引っくり返った。

晴美は、ゆっくりと振り向いて、

「いかが? 私の仕事ぶりは」

と言った。

古ぼけたドアが静かに開くと、

「——いい度胸だ」

と、中年の、サングラスをかけた男が現われて言った。「話をしよう。中へ入れ」

「こいつは?」

と、晴美が克彦を見る。

「放っとけ。誰も来んさ」

「じゃあ」

と、晴美は拳銃をバッグへしまって、その部屋へと入って行った。

「――かけてくれ」

閑散とした部屋だった。古い木の机と、椅子が二つだけ。どこへかけるか、迷うことはなかった。

「まず、あんたは何者だ？」

と、その男が訊《き》いた。「こっちが雇った女は、迎えが来なかったと言って、怒って連絡して来たぞ」

「あのドジが――」

と、晴美は階段の方へちょっと目をやって、「同じ服装してる私を、間違って車に乗せたのよ」

男は呆《あき》れたように笑って、

「なるほど。しかし、乗せたのがたまたま――」

「私だった、ってわけね」

「どうしてあの男を――」

「はめられたってことはすぐ分ったからね。あの男の銃には弾丸が入ってない。私の方のには実弾。それで、話の筋は読めるわよ」

と、晴美は言った。「ところで、これからどうするの？　私を消す？」

——一見して、身なりも一流という印象の紳士である。

見るからにヤクザ、なんていうのより、こういう方が危い。

たぶん、あの狙われたスーパーの内部に、首謀者がいる、と晴美は思っていた。この男がその当人かどうかは別として、実際、この男はどこかの重役クラスだろう。

「いや、消すには惜しい」

と、男は言った。「仲間になるか」

「話が分るね」

と、晴美はニヤリと笑って見せた。

「金は奪った。後の問題は……」

「受け渡しね」

「そう。察しがいい」

と、男が肯く。

そりゃそうだ。晴美くらい、やたら物騒なことに首を突っ込んで来た人間もいないだろうから。

「今、金はどこに？」

「車の中だ。――それを、今日の夕方、分けることになっている」

「夕方？　警察の捜査がそんなに早く終るの？」

男は笑って、

「びっくりさせるね。たった今、先方が、もっと時間をとられそうだと連絡して来たばかりさ」

「慣れてるの」

と澄まして言うと、「それで……。金を約束通り分けるの？　それとも――」

「いや、約束は守る。後の仕事のこともあるしな。ただし――」

「向うが約束を破れば別、でしょ」

「そうだ」

男は肯いた。「いや、全くのみ込みが早いね」

「じゃ、受け渡しの場所へ先に行って、どこかで様子を見ていようか。何かあったら、先方の胸板を撃ち抜いてやるわよ」

晴美はバッグをポンと叩《たた》いて言った。

「――気に入った」

と、男は肯いて、「名前は？」

「ハルミって言っとこうかしらね。それで充分でしょ」

「ハルミか。よし、じゃ、この場所へ行ってくれ」

男がポケットからメモを出して渡す。

やった！　メモの筆跡に、指紋もついている。

「時間は？」

「六時だ。午後六時。――いいな」

「了解」

晴美はメモをバッグへしまって、「それまで、少し遊ぶ金がほしいんだけどね。汗も流したいし」

「いいだろう」

男は札入れを出して、机の上に一万円札を数枚置いた。

「差し引いてもらってもいいよ」

「ま、いいさ。挨拶《あいさつ》代りだ」

男は立ち上った。「じゃ、向うで会おう」

晴美は息をつめた。

平静を装ってはいるが、冷汗が背中をつたい落ちている。

克彦を襲ったのは、もちろん芝居だ。誰かがここで様子をうかがっているのに気付いたので、克彦を逃そうとして、とっさに演技したのだ。

当然、銃弾は克彦からそれて飛んで行った。克彦があわてて逃げ出す——と思ったのである。

ところが、克彦が銃声で気絶してしまったのである！

仕方なく、「殺した」ことにして、この男と話をしているわけだが……。

いつ、克彦が気が付くかと晴美は気が気でない。

「じゃあ、先に行く」

と、男が部屋を出たので、晴美もついて行った。

克彦は、まださっき倒れたままである。——お願い！　下手に動かないでよ！

男が階段を下りかけて、晴美の方を振り向くと、

「そいつは適当に始末しといてくれ。別料金で払う」

「分った。任せといて」

と、晴美は肯《うなず》いた。

男はカタカタと足音をたてて下りて行った。

そのとき、克彦がモゾモゾと動いて、

「ウーン」

と呻《うめ》いた。

まずい！　晴美は、克彦のわき腹をけとばしてやった。グッと一声、またのびてしまう。

男が足を止めて、

「何か言ったか?」

「ああ、腹減ってるんで、お腹がね、グーッと鳴ったのさ」

「そうか。じゃ何か食っとけ」

「ありがとう」

晴美は、男の足音が遠ざかると、全身の力が抜けて、その場に座り込んでしまった。汗びっしょり。

今日は、よく汗をかく日である。

「全くもう!」

と、のびている克彦をにらんでやったが、ま、けとばしちゃったことでもあるし、そう怒るわけにもいかないか……。

それにしても――あのときガードマンが一人撃たれている。

大変な事件だが……。

この克彦を、何とか巻き込まずにすませられるだろうか?

平和に(本人は痛かったろうが)気絶している克彦を眺めて、晴美はため息をついた。

古い友情ってのも、面倒なもんだわ……。

11　先輩と後輩

石津は、石田ユキを相手に、こちらも汗をかいていた。

いや、誤解してはいけない。

石津と石田ユキは――卓球をやっていたのである。

「一回ぐらいちゃんと打ち返してよ」

と、ユキが言った。

「いや……。しかし、何でホテルにこんなもんがあるんだ？」

石津は右へ左へ振り回されてハアハア言っている。

「最近のこういうホテルはね、健康的なの」

「健康的ね……」

と、石津は言った。

卓球台のある広い部屋。――もちろん、ベッドもバスルームもあるが、明るくて、およそ人目を避けてこそこそ利用するというイメージではない。

「――私、高校のとき、卓球部だったの」

と、ユキが言った。

「へえ、上手いわけだ」

「でもね——何だか知らないけど、卓球やる子って、暗いって言われちゃうの」

「暗い？　どうして？」

「さあ……。結構言われたわよ、みんなからね。部屋の中でやってるせいかしら」

「テニスだって、屋内でやると暗いのかな」

「さあ」

「馬鹿げてる！　そんなこと、気にしちゃいけないよ。自分の気持の持ちようじゃないか」

石津の言葉に、ユキは楽しげに笑って、

「じゃ、これが最後のサーブ！——ほら！」

シュッと音をたてて白いボールが飛んで行く。

「やっ！」

石津のラケットがカーンと軽やかな音をたてた。

「凄《すご》い！　打ち返した」

と、ユキが手を叩《たた》いた。

「——もういいよ」

石津はベッドへ行ってドテッと引っくり返った。

「ごめんね」

ユキがラケットを台にのせてやって来る。

「ね、君——」

「分ってる。何もしないわ。でも一つだけ言わせて」

「何だい？」

「石津さんって、いい人ね」

ユキは素早く身をかがめて、石津の額にチュッと唇をつけた。

石津が、ますます真赤になってしまう。

「汗かいたわね。シャワー浴びて来ていい？」

「ああ。でも——」

「大丈夫なの。お昼休みの時間なんていい加減なのよ。ショールームのいいところね」

石津は、そんなことを言おうとしたのではなかった。

あの死体がもし現実にあったものなら、早く手を打ちたかったのである。

しかし——もう遅かった。

ユキは呆気《あっけ》に取られている石津の前でパッパッと服を脱ぎ出し、見る間に裸になると、鼻歌など歌いながら、バスルームへと入って行ったのである。

「先生――」

「いけないよ」

と、水野は言った。「君はもう充分に僕のために時間を使ってくれた。これ以上僕と付合ったら、君の身にも迷惑がかかる。もう僕のことは忘れなきゃ」

「無理だわ」

と、百合は言った。

「無理？　どうして？」

「だって、もう決めたんですもの」

――バスの中、もちろん二人の会話は小声で交わされていた。

ガイドの説明も、流れているＢＧＭも、百合の耳には入らなかった。しっかりと隣の水野の手を握って、

「先生……。一緒に逃げて」

と言った。

「逃げる？」

「そう。どこか遠くへ行って、二人きりで暮しましょ。いつか捕まるかもしれないけど、それまで二人で何年――いえ何ヵ月かでも過せるわ」

水野は唖然《あぜん》として、

「とんでもないよ！――君はね、何もかもこれからなんだよ。僕のために一生を棒に振るつもりかい？」

「そんなこと、ちっとも思ってない」

と、百合は首を振って、「先生と一緒にいることが、私の人生」

「だめだ。――今日一日だけだ。これは僕の命令だ」

「先生としての？」

「そうだ」

「私、もう学生じゃないわ。大人ですよ。指図は受けないの」

「じゃ、人生の先輩として――」

と、百合は遮った。「人生の先輩が、こんなことしてる？」

「認めません」

水野は、ぐっと詰った。

――百合とて、胸は痛む。

特に、あの片山という刑事に対して。あの刑事は、百合のことを信じて、水野の逮捕を待ってくれているのだ。

でも――いやだ。先生を渡したくない！

百合にとっても、意外なことだった。自分がこんな風に「突っ走れる女」だなんて、思ったこともない。

それが――今朝水野と出会ったことで、人生は大きく変ってしまったのだ。

でも、どうなっても百合は後悔しなかったろう。その覚悟はできていた。

「――足下がスースーして寒いわ」

と、城戸佐和子が大きな声で言った。「里沙子さん。毛布」

「はい」

里沙子が、大きな自分のバッグを開けると、中をかき回す。

「――何してるの?」

と、佐和子が苛々《いらいら》した口調で、「早くしないと、私が風邪ひくでしょ」

「すみません……。見当らないんです。確かに入れたはずなんですけど」

里沙子が必死で捜している。

「何ですって? 里沙子さん、あなた、まさか失くしたんじゃないでしょうね」

と、甲高い声。

「いえ、確かにここに――」

「じゃ、どうして出て来ないの?」

佐和子の厳しい口調で、何となくバスの中は静かになってしまった。

「──お客様」

と、ガイドがやって来て、「毛布がございますので、お使い下さい」

と、頭上の棚を開けようとする。

「いいえ、いいんです」

と、佐和子は止めて、「あの毛布はね、息子が私のお誕生日に買ってくれた、カシミヤの高い毛布なのよ。それをどこかへやってしまうなんて！」

「申しわけありません、お母様。きっと家へ戻れば──」

「いいえ。分ってます。あんたは、私が風邪でもひいて死ねばいいと思ってるんだわ！」

それを聞いていた佐川恭子が、

「思ってる」

と、小声で言った。

「ともかく──」

と、佐和子がキッと前方を見て、「あの毛布でなけりゃ、私はいりません」

里沙子が途方にくれている。

誰しも、里沙子に同情してはいるのだが、といって、嫁姑《よめしゅうとめ》の問題に他人が口を出すわけにもいかないという気持がある。

しかし、これはあんまりだ。みんなそう思っていた。

誰かが口を開くのを待っている。――そんな空気の中、立ち上ったのは……。

「おい」

前の方の席に一人で乗っている、あのコートの男だった。「嫁さんよ。――毛布ってのは、これかい？」

と、手につかんで見せたのは、黄緑色の暖かそうな毛布で、

「あ！　それです」

と、里沙子が腰を浮かす。「どこにありました？　いやだわ」

「この空いた席の隅に、肘《ひじ》かけに隠れるように押し込んであったよ」

と、男は言った。「さっき、バスに戻ったとき、チラッと見たぜ。その人が自分でそこへ押し込むのをね」

男は、佐和子を見ていた。――佐和子はうろたえていた。

「何を馬鹿な！　とんでもない言いがかりです」

と、それでも強気に言い返す。

しかし――車内の空気はしらけて冷え冷えとして来た。

誰もが、佐和子に非難の目を向けている。佐和子は真赤な顔をして、何とか超然として見せようと努力していた。

するとーー里沙子が立ち上って、その男の方へ歩いて行くと、

「ありがとうございました。見付けて下さって」

と、毛布を受け取り、礼を言って戻って来た。

「――お母様。冷えるといけませんから」

里沙子が、佐和子の腰を毛布で包むようにして、「これでいいですか？」

「ああ、結構よ」

と、佐和子は硬い表情で言った。

「――人間、なかなか素直にゃなれないもんだな」

と、笑ったのは、コートの男だった。

そして、男はやおらコートの前を開けると――銃を取り出したのである。

片山は啞然《あぜん》とした。散弾銃だ。しかも、短く切ってある。

「おい、みんな動くな」

と、男が言って、銃口を客たちへ向けた。

「下手なまねすると、体が粉々になるぜ」

「おい！」

と、運転手がバスを停めようとする。

「停めるな！」

と、男は言った。「客を殺すぞ！　そのまま走らせるんだ！」

「分った。──落ちつけ」

「落ちついてるぜ、俺は」

と、男は笑った。「さあ、俺と一緒にのんびりドライブを楽しもうぜ。なあ、みんな」

──恭子が、やっと我に返った様子で、

「あれ……本物？」

「手出ししないで」

と、片山は言った。「奴の目的を確かめるんだ」

「──これはアトラクションなんかじゃないぜ」

と、男は言った。「お前らは人質さ。金と引きかえに命を助けてやる。スンナリ金が出るように祈ってるんだな」

片山は、一番後ろの方の席。散弾銃を持った男は、一番前の席に立って、後ろを向いている。

片山は拳銃《けんじゅう》を持っている。しかし、今ここでそれを使うのは、危険すぎる。いる。距離がありすぎた。

「──おい、会社へ連絡しな」

と、男は青くなっているガイドの方へ言った。「乗客が人質にとられてる、ってな。会社の方で一億円出さなきゃ、バスごと火ダルマにして自殺すると言ってる。そう言うんだ。──分ったか？」

「は、はい……」

「早くしろ！」

怒鳴られて、ガイドはあわてて車の中の電話へと飛びついた。

「――気が付いた？」

と、晴美は言った。

「うん……？」

克彦は、壁にもたれて、ペタッと座っていたが、トロンとした目を開いて、「――誰だ？」

「私よ、分る？」

と、晴美は言った。

「うん……」

克彦は目をパチクリさせたと思うと、「――人殺し！」

と大声を上げた。

「うるさいわね！　どこも撃たれてないでしょ！」

「だって……。あれ？」

と、胸を押えて、「――傷がねえや。ここ、天国かい？」

「おめでたいところだけ変わらないわね」

と、晴美は言ってやった。

「じゃ……弾丸《たま》がそれたのか。下手くそ」

晴美は、本当にぶっ殺してやりゃ良かった、と思った。

「わざと外したの。——今説明してあげるわよ」

晴美の話を聞いて、克彦はフーンと肯《うなず》いた。

「前にひと言、言っといてくれりゃ良かったじゃねえか」

「無茶言わないでよ。こっちも命がけだったんだからね」

「うん……。でもさ——」

「何よ。文句あるの?」

「いや、そうじゃないけど……。わき腹が痛いぜ」

晴美は、ちょっと咳払《せきばら》いして、

「倒れたとき、ぶつけたんでしょ」

けとばした、とは言いにくかった。

ともかく、やっと二人はあのオンボロビルから出たのである。

「——畜生! 人をコケにしやがって」

と、克彦は腹を立てている。

「慣れないことには手を出さないのよ」

「しかし、その金の受け渡し場所、分ってるんだろ？　その金ごっそりいただいちまおうぜ」

と、克彦が言うと、晴美は凄《すご》い目つきで克彦をにらんだ。

「な、何だよ。そんなおっかねえ目して」

「馬鹿！　そんなに若死にしたいの？――そんな金をもし横どりしたとして、どうなると思う？　ああいう連中はね、どこまでも追って来る。あんたを八つ裂きにするまでね。しかも警察に助けも求められないのよ。分る？　それがいやなら、その場に居合せた人間、皆殺しにしなきゃいけないわ。そんなことがあんたにできる？」

克彦は、晴美の剣幕に恐れをなして、

「分ったよ。――そう怒るな」

と、口を尖《とが》らした。

「全くもう！　人が心配してやってるのに！」

晴美はプリプリ怒っている。

「だけど――お前、いい度胸してんな。人違いで俺の車に乗っかって、どうしてそんなことまでやるんだ？」

もちろん、晴美は自分が幼なじみだとは言っていない。あまり言いたくなかった。

晴美の父が警官だったことを、克彦は憶《おぼ》えているかもしれない。

晴美は、克彦に自分の意志で、「こんなことはやめよう」と思ってほしかったのだ。

「私、物好きなのよ」

と、晴美は言った。

「フーン」

「何よ」

「やっぱりな」

と、克彦は肯いて、「俺って何かこう、昔からもてるんだ。いつも女の方から寄って来てさ、世話してくれるんだよな。そんなにいい男かい、俺?」

晴美は、もう一度克彦をけっとばしてやりたくなった。

12　生と死の間

石津は、まだ少しボーッとしていた。

「大丈夫？」

と、ユキが心配そうに、「顔、上に向けて——。そうそう、じき止るわよ」

石津はベッドに横になって、鼻の穴に綿を詰められていた。——鼻血を出したのである。

「ごめんね」

と、ユキはバスローブ姿で、「ちょっと刺激的すぎたかしら？」

「いや……」

と、石津は詰った声（？）で、「偶然だ……」

「そうね。そういうことにしときましょ」

と、ユキはタオルで石津をあおいでやった。「——私ね。あの原口さんって人にはずいぶんお世話になってるの」

と、ユキは言った。

「原口……充子か」

「そう。とっても私なんかにもやさしくってね。あの大塚さんとは全然違う」

ユキは、タオルを冷たい水で濡《ぬ》らし、軽く絞って持って来た。「——はい、これで頭を冷やして」

「ありがとう……」

「大塚さんと原口さん、一人の男をとり合って争ってたのよ」

「男?」

「本社のね。——私の好みじゃないけどな。ま、私がどう思っても関係ないけど」

「うん……」

「私、石津さんの方がずっとすてきだと思うわ」

「どうも……」

「それで——そうそう。その男はね、初め大塚さんと付合ってて、結構社内公認って感じだったの。大塚さん、目立つ人だし、彼女の方から積極的に近付いてね」

「ふーん」

「ただ、その内、原口さんが彼と一緒のプロジェクトで仕事をしたのね。そのときに、彼の方は原口さんにすっかりひかれちゃったわけ」

「それで女同士の争いってわけか」

「そう。私は直接見てないけど、凄かったらしいわよ。大塚さんが本社ビルの屋上に原口さんを呼び出して、『人の男に手を出すな!』って脅して」

「怖いね」

「つかみ合いになりかけたのを、同僚の女の人たちが止めたらしいけど、放っといたら殺しかねない勢いだった、って」

「それ以来、ずっと——?」

「必要なこと以外、絶対に口きかないわね」

と、ユキは肯《うなず》いて、「でも、結局その男の人の方は、女同士の争いにいやけがさして、逃げちゃったみたいよ」

「なるほど。——あ、もう大丈夫だ」

石津は、ゆっくり起き上った。

「平気? すぐに動かない方がいいわよ」

「ありがとう……。これで晩飯を食べられそうだよ」

と、石津は言って息をついた。「しかし——もし、本当に原口充子が殺されたとして……。死体がどうしてあんな所にあったんだろう?」

「成り行きでやっちゃったんでしょうね。とりあえず隠しとこうと思うと、そう場所はないわよ」

「そうだな。——しかし、ほんのわずかの間にどこかへ移した」

石津は考え込んで、「遠くへ運ぶ時間はなかった。とすると――あの中のどこかに、まだ隠してあるかもしれない」

「そうね。――捜してみる？」

「しかし……」

「手伝ってあげるね。こんなに付合せちゃったんだもの。――ね？」

ユキは楽しげに言った。

「これはね、殺人事件なんだよ」

「分ってるわ。でも、退屈な日常の中じゃ、凄《すご》い刺激よ」

石津は、この子、ちょっと晴美さんと似てるな、と思った。

そうか。――そのせいで鼻血が出たのかな？

石津にはよく分らなかった。

「――ごちそうさま」

と、あずさは言った。「凄くおいしかった。このお弁当」

「本当ね」

と、咲子はお茶を飲みながら言った。

「静かだなあ」

内海は、座敷から見える木立ちの方へ目をやって言った。

内海たちは、あの女性を乗せて、結局、この辺りではよく知られた料亭へやって来た。離れになったお座敷で昼のお弁当を食べたが、あの女性も一緒に食卓についたのである。

「──ごちそうさまでした」

と、その女性がはしを置いた。

「あ、ゆっくり食べて下さいよ」

と、内海は言った。「別に私ども、急いでるわけじゃないんで」

「そうですよ」

と、咲子は言った。「ちゃんと栄養をとらないと。大切な体でしょ」

女は少し頰を赤らめた。

「──お分りでした？」

「ええ。そんな時期は、あんまり長く立っているのも良くありませんよ」

「はい」

女は、またはしを取ると、弁当をていねいに食べてしまって、「ごちそうさまでした」

と、もう一度言った。

「大分、顔色も戻ったみたいだ」

と、内海は言った。

「おかげさまで……」

「いいえ、気にしないで下さいな」

咲子は首を振って、「――お茶をもらいましょうね。あずさ、ちょっとあなた頼んで来て」

「うん。――行こう」

あずさが促すと、三毛猫も起き上り、ウーンと伸びをしてついて行く。

あずさは、離れから料亭の母屋の方へと石を敷いた道を歩いて行った。

「すみません。――お茶下さい」

と、声をかけると、

「はいはい。すぐお持ちします」

と、仲居さんが顔を出した。

「お願いします」

あずさは、離れの方へ戻りかけたが、「――あれ？　どうしたの？」

三毛猫がわきの道へと入って行く。

「どこに行くの？」

あずさはついて行くことにした。この猫には、どこか普通の猫と違うところがある。

ヒョイと庭のくぐり戸を出ると、さっき車を置いて来た駐車場。

「へえ、ここに出るんだ」

と、あずさは言って、「うちの車だ……」

誰かが、あずさたちの車の中を覗《のぞ》き込んでいる。

何してるんだろう?——あずさが近付こうとすると、猫が鋭い爪であずさのスカートを引張った。

「え?」

あずさは、他の車のかげに隠れて、様子をうかがった。

あずさたちの車を覗いていた男が、体を起した。——あずさは息をのんだ。

あの男だ! 借金の催促に来ていた男。

どうしてこんな所まで——。

男は、チラッと周囲を見回すと、料亭の玄関の方へと歩いて行く。

「大変だ……」

あずさは駆け出した。猫がその先を駆けて行く。

「——パパ! ママ!」

と、あずさは離れに飛び込んだ。

「どうしたんだ、あわてて?」

「あいつがいる!」

「あいつ？」

「あの——うちに押しかけて来てた奴」

内海と咲子が顔を見合せた。

「——あずさ。確かか？」

「駐車場で、うちの車を覗いてた」

内海は青ざめていた。

「何てことだ……。見張ってたんだ。後をつけて来てるのに違いない」

「あなた……」

「ニャー」

と、三毛猫が鳴く。

「ね、パパ。今あいつ、玄関の方にいるよ。今の内にくぐり戸から出て駐車場へ出たら、逃げられる」

「しかし——ここの払いも——」

「そんなこと！」

「適当に置いて行けばいいわ。お店に損はかけないでしょう」

「うん、そうか。そうしよう」

と立ち上りかけて、「——すみません。ちょっと事情があって」

と、その女に言った。

「分りました」

と、女は言った。「どうぞいらして下さい。私が残っています」

「でも――」

「大丈夫です。何も知らないと言って通しますから」

内海は少し迷ったが、女に、

「さ、早く」

とせかされて、

「では、よろしく」

と、立ち上った。

三人と一匹は、急いで庭からくぐり戸を出て車へと急いだ。

「――よし、ここでまいてしまえば、大丈夫だぞ」

内海が車のエンジンを入れる。

車はできるだけ静かに走り出し、道へ出ると、一気にスピードを上げた。

――離れでは、女が一人でお茶を飲んでいた。

「――ごめんよ」

ガラッと障子が開く。

「どちら様ですか」

と、女は言った。

男は中を見回し、

「連中は？」

と言った。

「さあ……。皆さんでお庭へ出られましたけど」

「庭へ？　おかしいな。俺は庭から来たんだぜ」

「そうですか」

男は上って来ると、窓の外を覗いた。

「——どなたですか？　この離れは……」

「うるせえ！」

と、男は怒鳴った。「あいつらにゃ貸しがあるんだ」

男は、盆に置かれた金に気付いた。

「——畜生！　気付いて逃げやがったな！」

男は離れを飛び出した。

女は、残ったお茶をゆっくり飲み干すと、お弁当についていたオレンジの皮を、果物ナイフでむき始めた。

やがてバタバタと足音がして、男が戻って来た。肩で息をついて、

「おい！　奴ら、どこへ行くと言ってた！」

「存じません」

と、女は言った。「でも――最後にどこへ行かれるかは分りますけど」

「ほう」

男は、上って来てあぐらをかくと、「――どこなんだ？」

「あなたには行けない所ですわ」

「何だと？」

「あの方たちは、天国へ行かれるでしょうけど、あなたは地獄ですもの」

男はちょっと笑った。

「気のきいたことを言うじゃねえか。――おい。お前がどういう知り合いか知らねえけどな。奴らが逃げた分、償いをしてもらうぜ」

と、上着を脱いだ。

女がスッと立ち上り、

「男の好みはうるさいので。お帰り下さい」

と言った。

「おい……。でかい口きくなよ。俺はな――。ワッ！」

女に手を伸したとたん、男は腕を押えた。「——何しやがる！」

女の手に果物ナイフが握られていた。男の腕に切りつけたのである。

「こいつ……」

男が真赤になって、女につかみかかろうとする。——そのとき、窓から勢い良く飛び込んで来たのは、三毛猫だった。

男の顔めがけてぶつかる。男が仰天して引っくり返った。

「な、何だ！」

と、起き上った男は、目の前に内海が立っているのを見て唖然《あぜん》とした。

「関係ない人に、何てことを！」

内海が拳《こぶし》を固めて、男の顎《あご》へ叩《たた》きつける。

みごとに決って、男は大の字になってのびてしまった。

「やった、パパ！」

あずさが手を叩く。

「やれやれ」

と、内海は手を振って、「すみませんでした。ご迷惑かけて」

「いいえ」

と、女は首を振って、「どうして戻って来られたんですの？」

「さあ……」

内海はちょっと笑って、「一発ぶちかましてから死にたかったんでしょうな」

と言った。

「私もご一緒させて下さい」

と、女が頭を下げた。「お願いします」

三毛猫が、「喜んで」と答えるように、

「ニャーオ」

と、一声高く鳴いた……。

13 理解者

「どうするつもりなのかしら？」

と、佐川恭子が小声で言った。

「さあ……」

片山は、小さく首を振っただけだった。

どうも妙だ。バスを「乗っ取った」男は、散弾銃を手にして、バス会社に一億円の支払いを要求している。もし拒否されたら、バスごと火をつけて客を道連れに死のうというのだ。

しかし、どう見ても、男は至って冷静で落ちついている。とてもじゃないが、死のうという気など、全くないように見える。

「おい」

と、男は言った。「飲物がいるな。ビールでもねえのか」

「は、はい！」

と、ガイドの女性があわてて缶ビールを冷蔵庫から出したが、何しろ手が震えているので、落っことしてしまった。

缶ビールがゴロゴロとバスの床を転がって、片山の足下までやって来た。

「何やってんだ、もったいねえ」

と、男は笑って、「おい。——そこの嫁さん」

城戸里沙子が、ゆっくり顔を上げると、

「私……ですか」

「うん。あんた、落ちついてるだろ。缶ビール出して、開けてくれ」

里沙子が姑《しゅうとめ》の方を見る。城戸佐和子の方はずっと青くなりっ放しで、

「何してるの！」

と、金切り声を上げた。「早く言われた通りにしなさい！　ぐずぐずしてるんじゃないわよ」

「おい、うるせえぞ、婆さん」

と、男が顔をしかめる。「俺はな、甲高い声ってのが嫌いなんだ」

「今行きます」

里沙子が立って、バスの前方へと歩いて行く。

バスは、男の指示で郊外へ向う幹線道路を走っていた。中は、まだ意外なほど静かで、それほどの緊迫感がない。まあ、城戸佐和子のように、今にも失神しそうなのもいるには

いたが。

里沙子は、缶ビールを出して、

「コップに注《つ》ぎますか」

と訊《き》いた。

「そうしてくれると嬉《うれ》しいな。缶からじかに飲むのも悪かないが、やっぱり旨《うま》いって気がしないからな」

里沙子はコップにビールを注いで男へ渡した。

「ありがとう。――うん、旨い!」

男は、ぐっと半分近く一気に飲んで、口の周りに白い泡をつけたまま息をついた。

「もう戻っていいでしょうか」

と、里沙子は言った。

「いいじゃねえか、ゆっくりしな。いくらでも空いてるぜ」

と、男は里沙子を近くの空いたシートへ座らせ、「あんたも、あんな姑のそばにいたくないだろ?」

里沙子は何も言わなかった。

「――すまねえな、とんでもないことに巻き込んじまって」

「いいえ……」

「せっかくの東京見物が台なしだな。ま、俺の方にも事情ってもんがある。勘弁してくれよ」

男は、ゆっくりとビールを飲み干した。

「いただきます」

と、里沙子は、空になったコップを受け取って、ケースの中へ戻した。

「不思議だな」

と、男が言った。

「何がですか」

「あんたみたいないい女が、どうしてあんなお袋さんつきの男と一緒になったんだ？」

里沙子は、ちょっと義母の方へ目をやって、

「結婚するときの約束では、義母とは別に暮すことになっていたんです。でも、主人には初めからそんなつもりはなくて、一緒になったとたん、義母は『過労で』倒れ、やはり面倒をみなきゃ、ということになってしまったんです」

「過労？」

と、男は笑って、「あんたより、あの婆さんの方がよっぽど長生きするぜ」

いいように言われている佐和子の方は、必死で聞こえないふりをしていた。

「これが私の宿命なんだと思っています。――早く死ねれば、それだけ苦労も少なくてす

むわけですし」

バスの中の乗客たちは、みんなこのバスジャック犯と「姑にいびられている嫁」との、奇妙に親しげな対話を聞いていた。他にすることもなかったし、こんな状況の中とはいっても、やはり好奇心が刺激されたのだろう。

「大変だな」

と、男は言った。「——なあ、もし俺が警察に囲まれて撃たれて死ぬことがあったら——」

「そのつもりなんですか」

「覚悟はできてるぜ」

「そうですか……」

里沙子は何か考え込みながら、呟《つぶや》くように言った。

「俺はな、一人じゃ死なないぜ。絶対にこの中の誰かを道連れにしてやる」

男の声に凄《すご》みが加わり、バスの乗客の間に動揺が走る。男は笑って、

「心配すんな。すぐにやりゃしねえよ」

と、散弾銃を持ち直した。「そうだな、せっかくだ。あんたに親切にしてもらったから、礼をしとこう。俺が死ぬときは、あの婆さんを連れてくぜ」

佐和子が目をむいて、ガタガタと震え出した。

——里沙子は、黙って男の言葉を聞いていたが、やがて、ふっと我に返ったという様子で、

「もう席へ戻っていいでしょうか」

と言った。

「戻りたきゃいいぜ」

里沙子は、無言で会釈して、元の席へ戻った。

そのとき、バスの中の電話が鳴り出した。運転手が出て、

「——会社からだ。あんたと話したいそうだ」

と、男へ受話器を渡す。

——中堂百合と水野は前の方、男に近いシートに座っていて、動くに動けなかった。

「どうなるのかしら」

と、百合がそっと、水野へ囁《ささや》く。

「さあ……。あの男が何を考えてるのか分らないしね」

と、水野も小声で言った。「しかし、ふっと思ったんだが」

「何を？」

「これは、僕のために起った事件かもしれない」

「どういう意味？」

「僕は死に場所を求めてる。そこへ、死に場所の方からやって来てくれた」

「先生！——だめよ」

「いや、僕も好んで体に穴をあけられたいわけじゃないよ。しかし……もし他の乗客が犠牲になりそうなときは——」

「だめよ」

百合はしっかりと水野の手を握った。「だめ」

「百合——」

「先生が死ねば、私も死ぬのよ」

と、百合は言った。「だめよ。死んじゃいけない……」

水野の手を握る百合の手に、強く力がこもった。

男は、電話で話をして、

「——よし、あんたを信用しようじゃねえか。——ああ、今んとこ、一人もけがしちゃいないさ。心配することたあねえ」

と、上機嫌で言って、ふと里沙子の方を見た。

目が合ったのだろう、と片山には思えた。

「——心が傷ついて、疲れてるのはいるけどな。それは俺がやったんじゃないぜ」

と、男は言って、「——よし、じゃ、五時だな。——ああ、分ってる。いいか、警察へ知らせるんじゃねえぞ」

片山は首を振って、

「無理だ」

と呟いた。「バス会社が、取り戻す可能性もなしに一億円も出すとは思えないよ」

「そうね。――どうなるのかしら」

と、恭子は言った。

「もう少し様子を見よう」

と、片山は言った。

男は電話を切ると、立ち上って、

「おい、安心しな！　ちゃんと金を出してくれるそうだ」

と、大きな声で言った。「それまでドライブといこうぜ」

バスは走り続けている。

いざとなったら、あの男を射殺できるかどうか……。片山には、とても自信がなかったのである。

「石田さん」

大塚貴子の声がして、石田ユキはギクリとして足を止めた。

「はい……。何でしょうか」

と、振り向く。

「もうお昼休みはとっくに終ってるわよ」

「すみません」

石田ユキは、それだけ言った。何か言いわけすれば、却《かえ》って叱られると分っているからである。

謝るだけにしておけば、これ以上文句を言われることはない。

「いいわ。ともかく、ちゃんと仕事してね」

と、大塚貴子は少し穏やかな口調になって言った。「うちでも人手は一切ふやさないってことだから、減る一方なのよ。石田さん、辞めないわよね」

「え、ええ……。差し当りは」

「長く働けば、それだけ仕事も面白くなるわ。誰かみたいな、いやな先輩にいじめられることもないしね」

と、大塚貴子は少し皮肉っぽく言って、「ああ、さっきの大きななりした男の人、どうした?」

「え――。ああ、あのお客様ですか。あの――また来るとおっしゃって……」

「それじゃ当てにならないわね。具体的に新築とか改築の計画がある様子だった?」

「いえ……。よく分りませんけど、彼女の好みが優先するらしくて」

「よくあるパターンね」

と、貴子は肯《うなず》いて、「いい？　そういうお客様の場合、次はぜひ彼女とご一緒に、と言っておくのよ。その『彼女』について少しでも訊《き》き出して。住所や電話番号まで分れば一番。でも、そこまで分らなくても、たとえばＯＬなら勤め先だけでも分れば、連絡することはできる。分るでしょ？」

「はい」

「砦《とりで》を陥落させるには、一方から攻めるんじゃなくて、前と後ろの両方から攻撃するのが一番。――あなたも、そうやってお客をつかめば、いつかはこの同じ制服を着られるかもしれないわよ」

「はい」

と、石田ユキは言った。「あの――給湯室へ行きます」

「ええ、行ってちょうだい」

と、貴子は肯いた。

ユキが二階へ上りかけると、

「石田さん」

と、貴子が呼び止めた。「原口さん、見なかった？」

ユキは、ちょっと言葉が出て来なかったが、

「原口さん……いないんですか」

と訊き返した。

「ええ、さっきから捜してるんだけどね」

と、貴子は肩をすくめ、「朝の会議にも出なかったみたいよ。おかしいわね」

「そうですね」

「もし見かけたら、私が捜してたって伝えて」

貴子が正面の受付に戻って行く。

ユキは、二階へ上ると、

「石津さん……。石津さん？」

と、小声で呼んだ。「どこ？」

「――ここだよ」

と、声がして……。

しかし、何だか妙な声だった。ワーンと響いているかと思うと、いやに遠いように聞こえる。

「石津さん。――どこ？」

バスタブの展示場。ズラッと並んだバスタブの一つ、薄いプラスチックの覆いがかぶさ

っているのを、

「よいしょ！」

と押しのけて、石津が立ち上った。

「よく入ったわね、そんなとこに」

「苦しかった！」

と、石津が息をつく。

「ね、今の大塚さんの声が聞こえた？　話の中身は、新人教育だったわね」

「しかし――自分が殺したのに、その被害者のことを、わざわざ訊いたりするかね」

「わざとやってるのかもしれない。疑いをそらすためにね」

「でも、もともとこっちが怪しいと思うだけの根拠もない」

と、石津は言った。「上って来るのかと思ったから、あわてて隠れたんだ。――やれやれ、体が痛かった」

石津は伸びをして、

「君、大丈夫なのか、仕事しなくても」

「してるわよ」

と、ユキは石津の腕を取ると、「刑事さんのお手伝いをしてるもん。そうでしょ？」

「ま、まあね」

「ともかく、今は石津さんの見たっていう死体を捜すことね。そんな大きな物、お客が出入りしてる時間には運び出せないだろうから、夜になるまで待ってると思う。それまでどこに隠すか……」

「心当りは？」

「そうねえ……。しっ、誰か上って来た」

二人が急いでホームサウナの展示のかげに隠れると、中年の紳士を先頭に、その奥さん、息子夫婦といった取り合せの一家が上って来て、その後から、

「じっくりと時間をかけてお選び下さい！　色と色との取り合せが大切でございます。その辺は私ども、カラーコーディネートのスペシャリストでございますので……」

ユキが覗《のぞ》いて、

「大丈夫。本社の営業の人だわ。お客さんに説明するので手一杯だから、平気な顔して見てりゃいいのよ」

「そうか……。しかし、このショールームの中ってことはないだろうしな」

「そうね」

と、ユキは考えて、「――あの、営業の人、カラーコーディネートがどうとか言ってるけど、趣味の悪いピンクのパンツなんかはいてるのよ」

「へえ。――どうして知ってるの？」

「会社の宴会でね。酔うと裸になるくせがあるの」

と、ユキは言った。「ついて来て」

石津は、足早に歩いて行くユキの後を、あわてて追いかけて行った。

14　妻

「いいだろ?」

と、克彦は言った。

「言っとくけどね」

と、晴美は克彦をにらんで、「私に手なんか出したら、即射殺よ」

「分ってらあ。こんなおっかない女に手なんか出すか」

「よろしい」

克彦は、自分のアパートの中へと入って行った。――お世辞にも「立派」とは言いかねるアパートである。

「相当ボロね」

と、晴美は、ミシミシ音をたてる階段を上りながら言った。

「はっきり言うない」

と、克彦が顔をしかめる。「好きでボロな所にいるんじゃねえや」

――この仕事に係《かかわ》るきっかけになったのは何なのか、晴美は克彦から聞こうと思って、ここへやって来たのである。

向うは克彦が死んだと思っているだろうから、まあ大丈夫だろう。しかし、晴美は実弾入りの拳銃《けんじゅう》を手放す気はなかった。

「ここだ」

と、克彦はドアの前で立ち止って、「今、鍵《かぎ》あける。——散らかってるぜ」

「想像しとくわよ。ひどい状態を」

と、晴美は肯《うなず》いた。

「あれ？——鍵、あいてら」

と、克彦が言って、ドアを開ける。

「伏せて！」

晴美は、克彦のえり首を引っつかんで横へ放り投げ、同時に自分もパッとしゃがみ込んだ。

鍵があけられているということは、中に誰かが潜んでいて、待ち構えているかもしれないということである。

全く！　克彦がこんな世界に深く足を突っ込んでいないことは、晴美にも分った。そうでなかったら、克彦はとっくに死んでいただろう。

だが——中から銃弾は飛んで来なかった。

「おおいてえ……」

と、廊下でいやというほど尻《しり》を打った克彦は起き上って、「俺に何の恨みが……」

「しっ！　誰かが中にいるかもしれないのよ」

「誰かって……誰が？」

晴美は、用心深く中を覗《のぞ》き込んだ。そして――目をパチクリさせた。

そこは晴美の想像を絶するほど荒れ果てて……はいなかった。びっくりするほどきれいに片付いていたのである。

「何よ。――きれいなもんじゃない」

「へえ……。おかしいな」

と、克彦も首をひねって、「本当に俺の部屋？」

「あのね……」

「いや、確かに俺の部屋だよ」

克彦は上り込んで、「何でこんなにきれいになってるんだろう」

晴美は、カタカタとサンダルの音が近付いてくるのを聞いて、振り返った。

「――あ、お帰りなさい」

と言ったのは、ふっくらした丸顔の女の子で、スーパーマーケットの袋を両手にさげ、ジーパンスタイル。

「お前……」

と、克彦が唖然《あぜん》として、「勝手に入ったのか？」

「いいでしょ。だって私、あなたの奥さんなんだもの」

奥さん？——晴美は呆気《あっけ》に取られて玄関の所に立っていた。

「お客様？」

どう見ても十八、九という印象のその女の子は、晴美を見て言った。

「ああ……。仕事の……同僚だ」

「まあ、そうですか。主人がいつもお世話になっております」

主人が、なんて、まるでままごとでもしているような感じ。

「いえ、どうも……。片山です」

と言ってしまってドキッとした。

しかし、克彦はてんで気付かない様子。

「どうぞ、お上り下さい。あんまり散らかってるんで、全部片付けたんです。すぐお茶でも……。ね、克彦さんはコーヒー？」

「うん」

「じゃ、座っててね。すぐいれるわ」

と、急いで台所に立つと、「——あ、私、初江《はつえ》といいます」

「よろしく」

晴美は、やっと少し落ちついて上り込むと、座布団を自分で持って来て座った。

初江という子は、冷蔵庫に買って来た物をしまい込んだり、コーヒーメーカーに豆を入れたりと忙しくやっているが、それがいかにも楽しそうである。

「――奥さんがいるなんて、言わなかったじゃないの」

と、晴美が小声で言うと、

「いないとも言わなかったろ」

「そりゃまあそうか」

それにしても……。

「勝手に押しかけて来たんだ」

と、克彦は言った。「しようがなくて、置いてやってるのさ」

「へえ」

どう見ても、年齢《とし》は若いが、初江という子の方が克彦よりずっとしっかりしているようだ。

「お仕事、大変でしょうね」

と、初江は晴美にもコーヒーを出してくれながら言った。

「ええ。――まあね」

「主人も、年中夜中になってから帰って来てるみたいなので、心配なんです。体をこわすんじゃないかと」

初江は、克彦がそっとわき腹をさすっているのを見て、「どうしたの？　お腹が痛い？」

まさか自分がけとばしたとも言えず、晴美は急いでコーヒーを飲むと、

「おいしいわ！」

と、大きな声で言った。

しかし——どう見ても、克彦がまともな仕事についているとは思えない。きっと、この初江という子には嘘を言っているのだろう。

「初江さんも働いてらっしゃるの？」

と、晴美は訊《き》いた。

「ええ……。旅館の下働きを。住み込みで、人手がないときは一週間も帰れないときがあるんです」

「まあ、大変ね、それじゃ」

と、初江は言った。

「でも、いいお金になりますし。それに丈夫以外に取り柄がありませんもの、私なんか」

ご主人には何かあります？——晴美はそう訊きかけてやめた。

「もうやめろって言ってるじゃねえか」

と、克彦が言った。「俺がちゃんと稼いでくるからさ」

「ありがとう。でも——旅館の方でも困るのよ、急にいなくなると」

「初江さんも、コーヒー、飲んだら?」

と、晴美は気をつかって言った。

「いえ……。ちょっと、やめてるんです。お酒も」

軽く目を伏せて、はにかむ。その様子で、晴美には分った。チラッと克彦の方を見る。

「あ、いけない」

と、初江が言った。「忘れちゃった! 電話代、払って来なきゃいけなかったのに」

「いつだっていいだろ」

「だめよ。止められちゃったら、困るでしょ。ごめんなさい、ちょっと行ってくるわ」

と、初江は立って、「すぐそこのコンビニで払えるから。——すみません、すぐ戻ります」

「あ、いいのよ。私のことなんか。ゆっくり行って来て」

晴美は、初江が玄関からサンダルの音をさせながら出て行くと、克彦の方を見て、

「——子供ができてるのね」

と言った。「でも、あんた、仕事なんかしてないんでしょ」

克彦は、ブラックのままのコーヒーを飲んで、

「ちょっとドジっちまったのさ」

と、肩をすくめた。「ま、丈夫な奴なんだ、本当に」

「でも、一番体にはきつい仕事でしょ」

「分ってる。だけど……俺にゃ勤め口なんかないよ。何しろ前科持ちだ」

「それで、あの仕事を？」

「一応、仕事してることにしてあるだろ、あいつには。だから、あいつが帰って来てるときは、仕事に出てくふりしてるんだ」

「すぐばれるわよ」

「ああ。でも――一応、前の仕事を辞めてから、まだ一ヵ月たってないから、ばれちゃいない」

「でも――それならなおのこと、あんな危いことに手を出しちゃいけないじゃないの。あんたが刑務所にでも入ったら、初江さんはどうなるのよ」

「どうしろってんだ？」

と、克彦は苛々《いらいら》と言った。「あいつは……一人ぼっちなんだ。どこにも頼っていく奴がない。俺だってそうだ。――まともな仕事につけなきゃ、多少は危い橋を渡るしかないじゃねえか」

晴美にも、克彦の気持が分らないわけではない。現実の世間では、克彦のような立場の人間に対する偏見は小さくない。

「多少?——下手すりゃ命を落とすとこよ」

と言ってやって、しかし晴美は克彦のことを少しは見直す気になったのである。


初江は、急ぎ足でアパートを出た。

性格というものは変らない。——別に電話代を払うのにそんなに急がなくてもいいのだが、忘れていたことは、つい焦ってやってしまおうとするのである。

駆けないように、走らないように、転んだら大変。

いつも自分にそう言い聞かせているのだが、つい忘れてしまう。

今も初江はアパートを出て、細い道をコンビニへと足早に——。

わき道から、不意にライトバンが出て来た。初江は、一瞬立ちすくんだ。

ライトバンは、一旦《いったん》停止もせず、ほとんどスピードを落とさないで曲って来た。初江の姿は、ちょうど運転席から目に入りにくい死角になっていたのだ。

危い!——そう思うと、なおさら動けなくなってしまった。

ほんの一、二秒の出来事。

そのままだったら、初江は確実にライトバンに引っかけられて大けがしていただろう。

誰かの手が初江の腕をつかんで、ぐいと引張った。初江はよろけて電柱に抱きつくような格好で、何とか転ばずにすんだ。しかし、それでライトバンに引っかけられずに助かったのである。

ライトバンは、そのまま細い道をやや無茶と思えるスピードで走って行ってしまった。

「大丈夫か？」

男の声がした。

「あ……。ありがとうございました」

初江は、まだ電柱にしがみつくようにしていた。少したって、却《かえ》って恐怖感がこみ上げてくると、体が震える。

「危いなあ、全く」

と、その男は腹立たしげに、ライトバンが走って行った方を見た。

「すみません。もっと用心していれば――」

「いや、あれは車の方が悪い。まあ、そうは言っても、けがをするのは人間だからね。気を付けないと」

見るからに穏やかな、中年の紳士である。地味な背広を着て、ネクタイも渋い。学校の先生かしら、と初江は思ったりした。

「歩ける？」

「はい……。ご心配かけてすみません」

と、初江はくり返し礼を言って、コンビニへと歩き出した。

「気を付けてね」

と、男が声をかけてくれる。

初江は振り返ってもう一度頭を下げた。

いい人だわ、と初江は思った。——初江は、親戚《しんせき》にしろ職場にしろ、あまり「いい大人」に恵まれていない。

あんな風に、見ず知らずの他人にやさしくできる人を見ると、初江は嬉《うれ》しくなると同時に、泣きたくなってしまうのだった。

そう。——もう駆けるのはよそう。充分に周りに気を付けて歩こう。

私一人の体ではない。私が死ねば、お腹の子も死んでしまうのだ、と初江は自分に言い聞かせたのである……。

——初江を助けた紳士は、とっくに初江の姿が見えなくなっても、まだあのアパートの前に立っていた。

そして、アパートの見える電話ボックスへ入ると、アパートの入口から目を離さずに、ある番号へかけた。

「——もしもし、小林《こばやし》部長をお願いします。知り合いの者ですが。——はい」

そして、じっとアパートの二階の窓を見上げる。少し待って、向うが出た。

「ああ、私です。――ええ、おっしゃった通りで、アパートへ戻っています。――そうです。女も一緒で。どうしますか？」

相手の言葉を聞いても、男の表情は全く変らなかった。「――はい。それしかないでしょう。――分りました、安心して下さい。ここで目を離さないようにします。――は？――ご心配なく。確実に消すのが私の仕事ですから。では、またご連絡します……」

電話を切ると、男はテレホンカードを抜いた。ていねいにカード入れの中へしまうと、ボックスから出ようとしてやめる。

あの女が戻って来たのである。

早いな。よほどすぐ近くに用事だったんだろう。その女が、さっきよりは慎重な足どりでアパートへと入って行く。

男は、入れ違いに出て来た主婦に、

「失礼」

と呼びかけた。「今、ここへ入って行った人、田中布子《たなかきぬこ》といいませんか？」

「はあ？」

と、その主婦はいぶかしげに男を見る。

「いや、昔の知り合いにそっくりだったので。ただ、少し若すぎるような気もしたんですが」

「田中っていうのかどうか……。今は、結木さんの奥さんよ。確か、『布子』なんて名前じゃなかったような気がするけど」

「そうですか。じゃ、他人の空似かな。いやお引き止めしてすみませんでした」

男は、自分の物腰や柔らかな口調が相手に安心感を与えることを、よく知っていた。そして、今の場合も例外ではなかった。

初めは疑わしげな目を向けていたその主婦も、

「いいえ」

と、愛想良く会釈までして、歩いて行ったのである。

人に好感を持たれること。――男は、その大切さをよく承知していた。

15　誤解

「喉《のど》がかわいて」

と、片山は言った。「飲物をもらってもいいですか」

「ああ、いいとも」

と、散弾銃を持った男は言った。

「私持って行きます」

と、前の方の座席で立ち上ったのは、中堂百合だった。

「いえ、私が――」

と、ガイドが言うと、

「あの人、私の好みなの、私に任せて」

と、百合は言って、「片山さん。ウーロン茶でいいですか?」

と、大きな声で訊《き》いた。

「はあ、申しわけない」

「おい」

と、男が言った。「ちゃんと金は払えよ。タダじゃねえんだぞ」

「いえ、ウーロン茶はサービスで……」

と、ガイドがていねいに説明した。

片山は、正直に何か飲みたいと思って言ったのである。いくら何でも、このバスの中で銃撃戦をやらかすわけにはいかない。

「私、言ってくれりゃ、取って来たのに」

と、佐川恭子がむくれている。「もてていいわね、片山さんは」

「おい……」

中堂百合が、ウーロン茶の缶を手にして、バスの中を後部席へと歩いて来た。

バスは、今、都心へ向って戻りつつあった。

あの男の言うところでは、「五時」にどこかでバス会社が用意した一億円を受け取ることになっているらしい。

「どうぞ」

と、百合は缶を差し出して、「こぼれるといけないから、このまま持って来ました」

「いや、これでいいですよ」

と、片山は言った。

「あの――」

と、小声になり、「先生が……自分で何とかすると——」

「それは危い。このバスが走っているときは、とても無理です」

片山も小声で言って、「ありがとう」

と、声を大きくする。

「いいえ」

百合は、片山と言葉を交わせてホッとした様子で、前の方の席へ戻って行った。

「——何のこと？」

当然、そばにいる恭子には聞こえている。

「ちょっと相談されてたんだ。——君の思ってるようなことじゃない」

と、片山は言って、缶の蓋《ふた》を開け、ウーロン茶を一口飲んで息をついた。

やはり、緊張で喉がかわいているのだ。旨《うま》かった！

すると、

「私にも」

と言って、恭子が片山の手からヒョイとウーロン茶を取り上げた。

「おい……。全部飲むなよ」

つい、いつも晴美を相手にしているくせが出る。

片山は、バスの外へ目をやった。

一億円か……。当然、バス会社は警察へ連絡している。一体何を考えているのだろう？

片山には、分らなかった。

車が一台――ありふれた乗用車が、バスと並んで走っていた。いくらかバスよりスピードが出ているのか、ジリジリとバスを追い抜く気配だ。

車の後部席の窓がスッと下りた。

「あ――」

と、片山が言いかけて、あわてて口をつぐむ。

「どうかしたの？」

と、恭子が口を尖《とが》らして、「ちゃんと残しとくわよ、心配しなくても」

「そうじゃないんだ」

と、片山は言った。

今、バスと並んで走っている車。その窓から、見憶《みおぼ》えのある顔が覗《のぞ》いたのである。

刑事だ！　どこでいつ会ったか、よく憶えていないのだが、同業者であることは間違いない。

やっぱり何かやろうとしているのだ。――しかし、何を？

片山は不安になった。でも、大勢の乗客を乗せているのだ。無茶はやらないだろうが……。

見ていると、その車はスピードを上げて一気にバスを追い抜いて行った。

「さて、と……」

栗原は、机の上を片付け始めた。

「課長さん。――お出かけですか」

と、秘書の辻信子が言った。

「ああ。ちょっと外出する」

と言って、栗原は小声で、「個人的な用件だからね。届けはなしだ。何かあったら、うまく言っといてくれ」

と付け加えた。

「はあ……」

辻信子は目をパチクリさせた。「――課長さん」

「うん?」

栗原は、そわそわしている。もちろん、片山が夕食をごちそうしようと言ってくれているからで……。といって、いつもそんなにひどいものばかり食べているわけではない。むしろ栗原としては、片山の気のつかい方が嬉《うれ》しいのである。

そういう点、栗原は至ってナイーヴで、素直に感動する心を持っているのだった。

「——何でもありません」

と、辻信子は言った。「お気を付けて」

「うん。じゃ、よろしく頼むよ」

栗原はいそいそと出かけて行った。

「呆《あき》れた」

と、辻信子は呟《つぶや》いた。「男なんて、みんな同じね」

信子は、完全に誤解しているのだ。栗原の言った「個人的な用件」を、てっきり浮気だと思っている。

「——あれ、課長は？」

と、刑事の一人が書類を出しに来て、きれいに片付いた机の上を眺め、「帰ったのかい？」

「ちょっと、私用でお出かけです」

と、信子はツンとして言った。

「へえ。——じゃ、明日にするか」

「その方がいいですよ」

信子は、さっさと自分の仕事を始めた。

少しすると、栗原の机の電話が鳴った。信子が出ると、

「あの、栗原の家内ですが」

「は——。どうも」

信子は、詰った。——どうしよう？

「主人、おります？」

「あ……。その——お出かけになったんですけど」

「あら、そうですか。じゃ、連絡があったら、うちへ電話するように言って下さい」

「かしこまりました。ただ……」

「え？」

「いえ——。もし、ご連絡つかないときにはどういたしましょう？」

「それなら仕方ありませんわね。でも、呼び出しはできるんですよね」

「え、ええ……」

捜査一課長である。当然、ポケットベルは持ち歩いている。

「じゃ、もし電話できれば、で結構ですから」

「かしこまりました」

信子は、電話を切って、フーッと息をついた。まさか、本当の（？）ことは言えない。

どうしよう？　呼び出すことはできる。

でも——信子の脳裏には、若い女とデートしている栗原が何くわぬ顔で自宅へ電話し、奥さんと「仲良く」しゃべっている場面が思い浮かんで、ゾッとした。

切った電話にまだ手をのせているとき、また鳴り出して、信子は急いで出た。

「——今、乗っ取られたバスの前を走ってるんですがね」

と、その刑事は事情を説明してから、言った。「一課に、片山さんという人がいました?」

「片山さんですか? ええ、確かに」

「今、いますか?」

「今ですか……」

と、信子は一課の中を見回して、「今は——いないみたいですね」

「そうですか」

「あの、何か——?」

「いや、今、問題のバスを追い抜いたとき、バスの中に、片山さんとそっくりの人がいたんですよ」

「片山さんとそっくり?」

「ええ。いつか、難しい事件のときお世話になったんで、よく憶えてるんです」

「でも——TVのニュースでやってる乗っ取られたバスって、観光バスですよね、毎日出てる、東京巡りの。それに片山さんが? 何かの間違いですわ、きっと」

信子の気軽さが、向うの「確信」を揺がしたようだった……。

「そ、そうかな……。でも、どうもそっくりだったんで。それに、向うでもこっちを見て『あっ』って顔をしたんですよ」

だったら、早くそう言え！

「じゃ、片山さんなのかもしれませんね」

と言って、「――じゃあ、片山さんが人質に？」

「そうなんです。バスは一応打ち合せ通りに都内へ向ってるんですがね。犯人が片山さんの身分を知ってるのかどうか」

大変だわ！――信子は、片山のことが気に入っていた。恋とか、そんな感情とは別としても、何ごとも器用とは言えなくても、こつこつと真面目にやる、という同じ人種に属している。

その親近感が、片山に対してはあったのである。

その片山が、バス乗っ取り犯の人質に！

もし、片山が刑事だということを犯人が知ったら、どうなるだろう？　ただでさえ、あいう犯人は神経を尖《とが》らして、ちょっとしたことで引金を引くかもしれないのだ。

しかも、乗っ取ったバスの中にたまたま刑事がいたなんて、犯人を逆上させてしまうことになるかもしれない。

「ま、片山さんが乗ってても、特にどうって変更はないと思うんですけど」

と、刑事は言った。「一応、お断りしておかないと、何かあったときに……」

「何か、って？――何があるっておっしゃるんですか？」

「いや、当然、犯人と撃ち合いになる可能性もあるわけで、そのとき、片山さんとしては乗客をかばわざるを得ないでしょう。流れ弾に当るということも――」

「待って下さい！」

と、信子は断固たる口調で遮った。「今、どこです？」

「Kインターチェンジにそろそろ着くところです。あと十分くらいかな。約束の場所はS公園前なので、そこまでは手が出せません。道もかなり車が多いですからね。こちらも狙《そ》撃《げき》手を待機させていますが、犯人が何を考えているのか……」

「私、そっちへ行きます！」

「は？」

「私、課長代理の辻と申します。ただちにそちらへ向いますので」

「しかし――」

「では、どうも」

電話を切るなり、辻信子は風のように捜査一課を飛び出して行った。どうしようという具体的な考えがあるわけではなかった。ただ片山のことが急に心配になったのである。

片山さん！　待っててね！　私が救いに行くわ！

バタバタと廊下を駆けて行く信子は、みんな、あわてて左右へ道を開けてしまうほどの迫力に満ちていたのだった……。

ガタガタ、とバスが急に咳《せき》込むような音をたてて、揺れた。

「何だ？」

と、あの銃を持った男が腰を浮かす。

「何だか――調子がおかしい」

運転手もあわてている様子だ。「エンジントラブルだろう」

「馬鹿言うな！　ちゃんと点検してるんだろう」

と、男がムッとした様子で言った。

「ああ……。だけど、これじゃどうも――。仕方ないよ。ちゃんと普通に走らせてるんだし」

バスは、はっきりスピードが落ち始めていた。追突されないように、道の端の方へ寄る。

ノロノロ走ってはいるが、もちろん他の車がどんどん追い越して行く。

「どうするんだ？」

と、男が渋い顔になる。「約束の時間に遅れるぜ」

「あと少しは走れるだろうけど……。でも、修理しなきゃ、とても——」

「冗談じゃねえ！　ＪＡＦなんかこんな所へ呼べるか」

男は苛立《いらだ》って、「何とか直せねえのか」

「今の車は電子部品が多いからね。——見てみるけど」

と、運転手は肩をすくめた。「ともかく、こんな所じゃ無理だ。この先にドライブ・インがある。そこへ入らせてくれ」

男は舌打ちして、

「しようがねえな」

と言った。「よし。そこへ入れろ。しかし、降りていいのは運転手だけだ。分ってるな」

乗客の間に動揺が広がる。——バスが走っている間は、どうせ降りられないのだから、却《かえ》って落ちついていられれた。それに犯人も上機嫌で、そう危険を肌で感じることもなかったのである。

ところが、いざバスが停るとなると、話は別だ。

片山は、いやな予感がした。——何か起らなきゃいいのだが。

「どうなるの？」

と、佐川恭子が言った。「もしバスが動かなかったら？」

「そうだな……。別の車に換えることになるだろう」

「バスの換えなんてあるの？」

「さあ。――ともかく時間通りに着くのは難しいかもしれない。犯人を苛立たせるのは何とか避けたいけどね」

「誰か死ぬのかしら、やっぱり」

恭子は不安げに、「私、いやだな。まだやりたいこと一杯ある」

と言ってから、

「私って身勝手ね」

「当然さ。人間、誰でも、し残したことがあるから、生きたいと思うんだ」

片山は、恭子を見て、「大丈夫。もし犯人が誰か一人だけ連れて行くと言ったら、僕が行く」

「だめよ！　どうして片山さんが？」

「内緒だよ」

と、声をひそめて、「僕は刑事だ」

恭子はポカンとして、

「――嘘」

と言った。

バスがカーブを切ると、ゆっくりとドライブ・インへと入って行った。

16　絆

「で、これからどうなさるんですの？」

と、昭子《あきこ》が訊《き》いた。

――「昭子」という名前だけ、あずさたちはその女《ひと》から聞いたのである。

もう黄昏《たそがれ》が忍び寄っていた。

内海たちの車は、静かに暮れていく町並の中を走っている。

「ホテルへ行きます」

と、内海が運転席で言った。「もちろん偽名で泊って。邪魔されたくありませんからね」

「そして薬をのむんです」

と、咲子が助手席で言った。「少し前から、睡眠薬をためておいたんですわ」

「そうですか……。でも――あずささんも？」

と、昭子は隣で三毛猫をなでているあずさの方へチラッと目をやった。

「私どもも、その子は置いて行くつもりだったんですがね」

と、内海が言った。「しかし、当人がどうしても一緒に来るというので」

「一人で後に残るなんて、やだよ」

と、あずさは言った。「お父さんやお母さんのお葬式なんか、やりたくないや」

「そうね……」

昭子は肯《うなず》いて、「それであずささんが満足なら……」

「そんなことはないと思うんですよ」

と咲子が言った。

咲子は、前方を見たまま話していた。

「その子にも、恋をしたり、結婚したり、子供を持ったりさせてやりたいと思っています。

――本当にそうしてほしいと……」

「ママ」

と、あずさが言った。「そんなこと、どうして言い出すの？　もう決めたんじゃない」

「そうね。でも――あずさ。あなたが一緒に死のうって言ってくれたときは嬉《うれ》しかった。本当よ。あんたが可愛くて、連れて行きたい」

「だったらいいじゃないの」

と、あずさは言った。「大体、もし私だけ残ったら、あの男が黙ってないでしょ」

「でもね……」

と、咲子は言い淀《よど》んだ。

と、昭子が言った。「あずささん。お母さんは、あなたのことを可愛いと思うだけ、あなたにも、親になることを経験させてあげたいと思ってらっしゃるのよ。——そうでしょう、奥様？」

「——ええ」

と肯いて、咲子がそっと目頭を拭《ぬぐ》った。

「私のことに気をつかって下さって、そうおっしゃらなかったのよ。やさしいお母さんね」

あずさは、目を伏せた。

そりゃあ、あずさ自身だって、死にたいわけではない。けれども、両親を失って、自分一人で生きて行けと言われたら——。途方に暮れてしまうだろう。

「もうじきホテルだ」

と、内海が言った。「——どちらで降りますか」

昭子は、少し迷っていたが、

「お邪魔でなければ……。もう少しご一緒させていただいても、よろしいですか」

「もちろん構いませんわ。ねえ、あなた」

「ああ。ですが、あなたはだめですよ。何といっても、お腹の子供さんがもう生きてるんですから」

昭子は微笑んで、

「分りました。——一度は死にたいとも思いましたけど。彼のいない生活なんて、考えられませんでしたから。でも今は違いますわ。何とか、自分一人の力でも、生きて行きます」

昭子はあずさを見て、「あずささんは構わない？」

「うん。でも死ぬのを止めようとしないでね」

と、あずさが言うと、

「分ったわ」

と、昭子が肯いた。

「約束だよ」

「約束ね」

二人は小指同士を絡めた。

「——あのホテルだ」

と、内海は言った。

暮れかける空に、高層のホテルがそびえている。しかし、紫色の空を背景に、そのホテルの灯は星のようにうまく溶け込んで見えた……。

車はゆっくりカーブを切って、ホテルの車寄せへと入って行く。

「もう大丈夫よね」

と、咲子は言った。「もう追って来ないわね」

「大丈夫さ。ここを調べ出せるわけがない。たとえ分るとしても何日も後。そのころこっちは天国行きの長距離列車の中さ」

「遠そうだね、天国って」

と、あずさは言った。

「あずささんたちには、そんなに遠くないわよ、きっと」

と、昭子が言った。「――その猫は？」

「え？」

「猫は……どうするの？」

「これ？」

と、あずさは三毛猫の頭をそっと撫《な》でる。

そう。本当はミケを連れて行くつもりだった。

でも、考えてみれば、猫が自殺してくれるわけもないし、といって無理に殺すなんてことと、とてもできない。

車が停って、ベルボーイが駆けて来ると、ドアを開けてくれた。

「いらっしゃいませ。お荷物は？」

「いや、手荷物だけだ」

「お泊りでいらっしゃいますね」

「うん」

「では、どうぞ」

あずさは、両親から少し遅れて歩いて行った。

「エレベーターの辺りで待っていましょう」

と、昭子が言った。「猫は入れてくれないかもしれないわ。ホテルの人に見られない方がいい」

「あ、そうか」

あずさは、そんなこと、考えていなかった。

あずさと昭子の二人——いや、三毛猫を加えた「三人」は、エレベーターの前のソファに腰をおろして、チェックインの手続きがすむのを待っていた。

「——その猫、ずっと飼ってるの？」

と、昭子が訊《き》いた。

「あ……。これは、うちの猫じゃないの」

「え？　でも——なついてるじゃない、とても」

「どういう意味？」

「そうじゃないと思う」

「不思議な猫なの。人になついたりするんじゃなくて、ちゃんと自分の考えで行動してるっていうか……。私たちが何をしようとしてるかも、ちゃんと承知してるみたい」

「まあ。ずいぶんお利口な猫なのね」

きっと、昭子は信じていないだろう。しかし、あずさは本当にそう思っていた。

ミケが消えた後、自分からあずさたちの車へ飛び込んで来たこと。あの墓地で、忘れられ、荒れ果てたお墓を見せてくれたこと……。

それに、あの借金取りを見付けてくれたのも、この猫である。

「昭子さん。——昭子さん、って呼んでもいい？」

「ええ、もちろん」

「この猫、もしできたら、預かってくれませんか。飼う人を見付けてくれたら……。それとも、この猫が初めにいたスーパーの所へ連れてってくれても」

「飼主が他に？」

「いるはずです。こんなに毛並も良くて、きれいなんだもん」

「ニャー」

三毛猫が、少々照れたように鳴いて、あずさと昭子は一緒に笑ってしまった。

「──ね？　本当に話を聞いてるみたいでしょ？」

「そうね。偶然にしちゃできすぎてるみたい」

昭子は、三毛猫の頭を撫でて、「赤ちゃんが生まれるんでなきゃ、飼うんだけどな」

そこへ、

「やあ、待たせたね」

と、内海と咲子がやって来た。

「部屋、どこ？」

「十五階だ。スイートルームだぞ」

「わあ、豪華！　ね、ルームサービス取って食べようよ」

「ああ、いいとも」

内海たちは、エレベーターへと歩いて行った。

──ベルボーイの一人が、内海たちがエレベーターに姿を消すのを遠くから眺めていたが、急ぎ足でベルカウンターへ行くと、外線用の電話を取り上げてボタンを押した。

「──もしもし。──あ、Nホテルのベルボーイです。──ええ、どうも。実は今、チェックインされたお客様が猫を連れてて。──ええ、女の子が猫を抱いて。でも、大人が三人なんです。両親と、他に若い女が一人。──ええ。──そうですか、〈1502〉です。──はい、よろしく」

電話を切ると、フロントの方でベルボーイを呼ぶ鈴が鳴って、ボーイは急いで駆け出して行った。

「ともかく——」

と、晴美は言った。「あんたは死んだことになってる。そう思わせといた方がいいの。一度死にゃ、誰も殺そうとはしないから」

「うん」

と、克彦は肯《うなず》いて、「だけど、こうやって生きてるんだぜ」

「だから、どうしたもんかと思ってるんじゃないの」

晴美はため息をついた。「初江さんが戻って来たら、その話はできないわ」

「放っときゃ、犯人が捕まるんじゃない？」

と、克彦が呑気《のんき》なことを言っている。

「何言ってんの！　捕まるのはあんた。指紋が車に残ってて、しかもあの前に警官に顔を見られてるのよ」

「あ、そうだっけ」

と、頭をかいている。

「ともかく、午後六時にお金の受け渡しがあるってことだから、それを押えるしかないわね」

と、晴美が言った。

「でもさ——俺には一円も入らないんだろ？」

「まだ言ってるの？　そんなお金、たとえ百円でもポケットへ入れたら、あんたはおしまいよ」

「しようがねえな」

と、克彦は口を尖《とが》らした。「——あんなに走ったり、気絶までしたのによ。結局、何の稼ぎにもならずか」

「まともな職を捜すのね」

と、晴美は言った。「初江さん、遅いわね」

「あいつ、のんびりしてんだ。もともとそうさ」

初江は、一旦《いったん》戻って来てから、また買い忘れたものがあると言って、出かけて行ったのである。

——晴美としては、何をするべきかははっきりしている。

兄の所へ連絡して、六時の金の受け渡しの現場を押えてもらうこと。——晴美が係《かかわ》り合った事情については、説明すれば納得してくれるだろう。

しかし、問題は克彦のことである。

ガードマンを撃った拳銃《けんじゅう》が車の中にあり、車の指紋から、当然克彦のことはばれる。晴美があれこれ説明したところで、たまたま巻き込まれた晴美とは違い、克彦は初めからこの計画に加わっている（少なくとも、そういう形になっている）。

克彦がガードマンを撃ったのでないことは、晴美にも証言できるが、全くの無実とは言えない。少なくとも、途中までは犯罪に加担していたのだ。

晴美としては、あくまで克彦が騙《だま》されていたのだと兄に教えることはできる。だが、それ以上は、晴美の力も及ばないのである。

「――どうして、あんなことに巻き込まれたのよ」

と、晴美は言った。

「うん？　ああ……。俺、あそこで働いてたんだ」

「あのスーパーで？」

「うん。もちろん、店員じゃなくて、品物の搬入とか、力仕事をしてた。大して力、ないんだけどさ」

「でしょうね」

克彦は渋い顔で、

「言いにくいことをはっきり言う奴だな」

「ちっとも言いにくくないわ」

と、晴美は言った。「それで?」

「ある日、店員が何人もポカッと休んじまった日があってさ、俺が急にレジへ出ろ、って言われたんだ。まあ、今はバーコードか何か機械でピッと読み取るだけだから、お前だってできる、とか言われて」

「そう。それで何かあったの」

「客が持って来た品に、値段のラベルが貼ってなくてさ、調べて来ようとしたら、『分らないのか、この馬鹿!』とかそいつが言いやがって……」

克彦は口を尖らし、「今思い出しても頭に来るぜ」

「で、どうしたの」

「殴った」

「——呆《あき》れた」

「当然、訴えられりゃ、俺なんか刑務所行きだろ。ちょうどそのころ、初江の奴が妊娠してる、って分ってさ。——参ったな、と思ってたんだ。そしたら、本社の方へ呼び出されて。てっきりクビだと覚悟していたら——」

「この仕事に手を貸せば、警察へ届けずにいてやる、って?」

「うん。その客にも何百万だか見舞金を払ったとかで、もちろん、俺なんかそんな金、持っちゃいない。結局、そいつの言う通りにするしかなかった」

と、克彦は言って、「どっちにしろ、俺は刑務所へ逆戻りさ」

晴美は黙っていた。何とかしてやりたいが、今は何も請け合うわけにはいかない。

電話が鳴った。

「あれ？　初江の奴かな。——よく、財布忘れたとか言って、電話して来るんだよな、あいつ。——もしもし」

と、克彦は出ると、「——俺だけど。あんたは？」

「何だと。本当なのか！」

克彦の顔がゆっくりとこわばって行く。

ただならぬ口調。晴美はパッと立って、克彦のそばへ行くと、耳を受話器のそばへ寄せた。

「——声を聞くかね」

と、穏やかな男の声がした。

少し間があって、

「克……彦……」

と、苦しげに絞り出すような声。

「初江！　どうした？——おい、しっかりしろよ」

「分ったろう？」

と、男の声に戻る。

「おい！　初江に何をした！」

「心配するな。薬で半分眠っているだけだ。言う通りにすりゃ、何も危害は加えない」

「何をしろってんだ」

「六時に、金の受け渡しがある」

男の言葉に、晴美と克彦は目を見交わした。

「いいかね。そのとき、お前に殺してほしい相手がいる」

と、その男は言った……。

17 苛立ち

バスは、もう二十分近くも停ったままだった。

「——何してやがる」

と、男が苛立っている。「畜生!　俺はな、約束の時間に遅れるのが大嫌いなんだ」

誰かに話しかけているというわけではない。もちろん、散弾銃を持っていて、機嫌の悪い男に近付きたいと思う人間はあまりいないだろう。

「おい!　どうなってるんだか訊《き》いて来い!」

と、男に怒鳴られて、ガイドが飛び上る。

「は、はい!」

と、前方の扉から外へ出た。

「おい。ちゃんと戻って来ねえと、乗客を殺すぜ」

と、男はガイドに声をかけた。「——今どきは、仕事にプライドを持ってる奴なんかいねえからな。平気で逃げ出しちまう」

——水野は、ゆっくりと立ち上った。

「先生」

と、百合が水野の手をつかんだが、男が気付いて、

「何だ？」

と言った。「何か飲むなら、勝手に飲め」

「そうじゃない」

と、水野は言った。「お願いがある。女性客をここで降ろしてやってくれないか」

「何だと？」

男がジロッと水野をにらんだ。「俺の扱いが不満だってのか。俺が何かしたか？　ええ？　女の子一人、泣かせたかよ」

「いや。君は充分に紳士的だ」

「だろ？　分ってりゃいい」

と、男は満足げに肯《うなず》いた。

「しかし、これから金を受け取りに行くんだろう。こんなに大勢の人質を抱えていては、君も動きにくい。男だけいれば充分だろう。女性たちは解放してやってくれないか」

男は、椅子にかけて足を組み、散弾銃の銃口を客の方へ向けている。

「女にやさしいんだな」

と、男は言った。「まるで学校の先生みたいな話し方をするじゃねえか」

「うん。僕は大学の教師だ」

「へえ。『先生』か、それで」

男は愉快そうに、「じゃ、そっちの女は学生かい？」

ガイドが戻って来て、

「あと十分くらいだそうです」

と言った。

「よし、入れ。――ああ先生、悪いけど、そうはいかねえよ。男どもがおとなしくしてるのも、女連れだからさ。な、違うかい？」

と男は言った。「残すのなら女の方を残すね。――間違っちゃいけねえぜ。男より女の方が、パニックにならないで落ちついてるからな」

水野は、ため息をついて、

「――分った。仕方ないね」

と首を振った。「君はなかなか頭がいい」

「こりゃ光栄だ。大学の先生にほめられるとはね」

と、男は笑った。

水野は席に戻った。

「――先生」

と、百合が水野の手をしっかりと握る。「寿命が三年は縮まったわ」

「すまん。——何の役にも立たなかったが」

百合は首を振って、

「死んじゃいけない」

と、小声で、しかし感情をこめて言った。「死なないで。私のために」

「百合……」

水野は、熱いものが胸に充《み》ちるのを感じた。

——片山は、窓の外へ目をやった。

ちょうど後ろの方の席なので、エンジンを見ている運転手の姿が間近に見下ろせる。

「——ねえ」

と、恭子がそっと言った。「無茶しないでね」

「何のことだい？」

「いくら……刑事さんだからって——」

と、もっと小さな声になり、「命は大切にして」

「分ってるよ。僕は落ちこぼれの、臆病《おくびょう》な刑事なんだ。君が心配しなくても、無茶はしやしない」

「それならいいけど……。私のせいで、このバスへ飛び込んじゃったでしょ。気になるの」

恭子の、意外な言葉に片山はびっくりした。そのとき、少し前の座席にいた城戸佐和子が、

「誰か来たわ」

と言った。

片山が見ると、紺の制服に制帽を斜めにかぶった男がブラブラとやって来る。どこかのバスの運転手だろう。たぶん、修理に手間どっているのを見て、様子を見に来たんだろう、と思った。

こっちの運転手に何やら話しかけ、一緒にエンジンを覗《のぞ》いたりしている。

片山としては、できることなら、このバスの中で乱闘や撃ち合いになるのは、避けたかった。何しろ散弾銃である。一つ間違えば、何人もの命が失われることになる。

警察が方々手を打ってあることは分り切っている。焦って、バスの中で決着をつけようとするより、おとなしくしていて、五時、どこかの待ち合せ場所で警官隊に囲まれて犯人が降参するのが一番いい展開なのだが――。

万一、途中で何かあったときには、片山も銃を使うしかない。しかし、今はけが人を出さないことが一番。

だが、なぜあの犯人はわざわざ難しい所を選んで犯行に踏み切ったのか。どうも、片山

には引っかかって仕方なかった。

——あれ？

片山はふと窓の外へ目をやった。

今、ブラッとやって来た運転手、どこかで見た顔のような気がするけど……。

片山は少し首を伸して窓の下をもう一度覗き込んでみた。このバスの運転手と、もう一人、エンジンの所で何かやっている。

あれは……。片山はドキッとした。

どこかで見た顔だと思った。——あれはさっきこのバスを車で追い抜いて行った刑事だ！

ちょうどこのバスが停ったので、いい機会だと思ったのだろうが、しかし、危険すぎる。

片山は、どうしたものか迷った。——片山は今、二人席の窓側の方に座っている。

「君、悪いけど……」

と、恭子へ言った。「席、代ってくれるかい？」

「いいけど……。どうかしたの？」

恭子が心配そうに訊く。

「何でもない」

万一、バスの前方で犯人を取り押えることになったとき、通路側に座っていないと、即座に飛び出せない。しかし、犯人におかしいと思われては困る。

片山は、犯人の様子をうかがった。青ざめたガイドを相手に、

「仕事は大変だろうな。毎日乗ってるのかい?」

などと話しかけている。

妙なところで気をつかう男である。

——運転手が前方の乗降口から顔を出した。

「終ったよ」

と、肯《うなず》いて見せる。「仲間が手伝ってくれた。もう大丈夫だと思う」

「じゃ、早速出発だ。時間に正確に、ってのがモットーだろ?」

と、機嫌の良くなった男は笑った。

「手が油だらけなんだ。ちょっと洗ってくるまで待っててくれ」

「早くしろ」

運転手がトイレへと駆けて行く。——片山は、汗が背中を伝い落ちるのを感じた。

刑事はどうしたのだろう? いつの間にか姿が見えなくなっていた。

何もせずに手を引くことに決めたのだろうか? バスの中の状況を訊《き》くために寄って来ただけなのか。——それならそれでいいのだが。

何といっても、銃を持った男に、人質が何人もいるのだ。中の状況次第では、強行に突

入してしまわないと却《かえ》って危いということもある。しかし、今のところ、バスの中はそう緊迫した状況ではない。

むしろ素直に金を渡して、その上で犯人がどうするか、見ていた方がいいだろう、と片山は思っていた。

ただ――心配なのは、つい「自分の手で片付けよう」という気持が、刑事の心に働くことがあるということ。

何か企んでいるのでないといいのだが――。

運転手が走って戻って来た。ハンカチで手を拭《ふ》いている。

「――早く出ようぜ」

と、男が促した。「何とか間に合せるんだ」

「大丈夫だと思うよ」

運転手が席について、エンジンをかける。車体がブルブルと軽く震えた。

「よし、出発だ！」

と、男が景気よく言った。

シュッと音をたてて、前方の扉が閉る。バスはゆっくりと動き出した。

と――突然、バスは急ブレーキをかけて停った。腰を浮かしていた男は、

「ワッ！」

と、声を上げて、床に尻《しり》もちをついた。

シュッと音をたてて、扉が開く。同時に、運転手の制服姿の刑事がパッと飛び乗って来た。

「動くな！」

刑事の手にした拳銃《けんじゅう》が、尻もちをついた男の首筋にピタリと当てられる。

片山は、席を立って前の方へ駆けて行こうとした。男の手から銃を取り上げるのだ。

ところが、そのとき、

「ああ……」

と、声を上げると、城戸佐和子がぐったりと通路の方へ倒れて来たのだ。

「お母さん！」

と、里沙子が手を伸したが間に合わなかった。

佐和子の体がドタッと通路に倒れ、片山の前を遮った。片山はあわててかがみ込むと、
佐和子を抱き起した。

「苦しい……」

と、佐和子が真青になって喘《あえ》いでいる。

「頼みます！」

片山は、佐和子を里沙子へ任せると、立ち上ったが――。

時間が凍りついたようだった。

あの男は、ちゃんとしっかり立って、散弾銃を構えていた。銃口は客たちの方を向いている。

そして——今飛び込んで来た刑事の拳銃は、何と運転手の頭へと向けられていたのだ。

「がっかりさせてすまねえな」

と、男が笑って言った。「席へ戻ってもらおうか」

「その前に」

と、刑事が言った。「拳銃を取り上げた方がいい」

「何だと？」

「その兄さんは俺の同業者だ。——な。片山さん」

刑事はニヤリと笑った。「——お前も頼りねえな。しっかりしろ」

「すまん。つい、人がいいもんでな」

と、男は言った。「おい、拳銃を出しな」

仕方ない。——片山は、ゆっくりと拳銃を取り出して、男に渡した。

「人は見かけによらねえもんだな。こんなやさしい顔して、刑事さんか」

「俺だってそうだぜ」

「あ、そうか」

と、男は笑った。「——ふざけてやがるのは運転手だな。頭を吹っ飛ばしてやる」

「よせ。バスの運転なんて、普通の奴じゃできねえぞ」

「そうか……」

「おとなしく走らせてくれるさ。——なあ?」

と、刑事は言った。

——片山にも、犯人の落ちつきようが、やっと納得できた。

刑事とグルになっているのだから、安心しているわけだ。しかし、今そのことが全部の乗客に知れてしまった。——二人がどう出てくるか、見当がつかなかった。

「思い出した」

と、片山は言った。「西原《にしはら》さんでしたね」

「お久しぶりだね、片山さん」

と、少し太り気味のその刑事は言った。「まさかあんたがこのバスに乗ってるとは思わなかったよ」

「西原さん。このお年寄の具合が悪いんだ。お嫁さんと二人、ここで降ろしてあげて下さい」

と、片山は城戸里沙子と佐和子の方を見ながら言った。

「それは無理だね。分ってるだろ? 金を手に入れるまでは、誰も出すわけにはいかない」

と、西原は首を振った。

「しかし、放っておいて手遅れになったら――」

「運を天に任せるんだね」

と、西原という刑事は言った。「日ごろの心がけ次第だろうぜ」

「それじゃ、まず助からないな」

と、散弾銃を持った男が言った。「おい、出かけよう。遅くなるばっかりだ」

「ああ」

と、西原が肯いて、運転手へ、「バスを出せ。ただしゆっくりだ」

バスが走り出す。――片山は、城戸里沙子の方へ、

「どうです、具合は？」

と言った。

「さあ……。こんなこと、初めてです」

里沙子は、ハンカチで佐和子の額の汗を拭いている。佐和子は苦しげに喘ぐような息づかいの間から、

「里沙子さん……。幸也《ゆきや》を……幸也を呼んで……」

と、呟《つぶや》くように言った。

「幸也というのは？」

「自分の息子——私の夫です」

と、里沙子は言った。「お母さん。——もう少し辛抱して下さい」

佐和子は、目を開けると里沙子をにらんで、

「あんた……。喜んでるんだろ……。私が苦しんでるのを。いい気味だと思って……」

「お母さん——」

「死にゃしないからね！　あんたと幸也を二人だけになんか、決してしないから」

と、叩《たた》きつけるように言う。

さすがに里沙子も表情をこわばらせたが、片山は里沙子の肩をちょっと叩き、軽く肯《うなず》いて見せると、席へ戻った。

「——大丈夫？」

と、恭子が青くなっている。

「さあ……。これで事情は全然違って来た」

と、片山は言って、「大丈夫、ってどっちのこと？　あの犯人のことか、それとも城戸さんの——」

「どっちでもないわ」

と、恭子は首を振って、「片山さんのことを心配してるの」

片山はちょっと面食らった。

「——ありがとう。でも、今は僕のことなんかより、このバス全体のことが心配だよ」

片山はそう言って、前の方に陣取っている西原と、仲間の男を見やった。

「刑事さんがあんなことするなんて」

と、恭子が腹立たしげに言った。

「刑事も人間さ。だけど、人間だから救いもあると思ってるんだ」

片山の言葉は、ほとんど祈りのようでさえあった。

バスはスピードを上げて、都心の道へと入って行く。

「俺の言う道を走れ」

と、西原が運転手に言った。

手配してある道を避けて行くつもりだ。——金を取って、警官たちがそれに気付く前に逃亡する。

それが計画だろうが、しかし、バスをどうするつもりなのか。——片山は不安だった。

18　暗がりの中で

「何だ、ここ？」

と、石津は言った。

「しっ。――あんまり動かないで。石津さん、大きいんだもん」

「悪かったね」

と、石津はむくれた。

「ここはね、本社の資料室が一杯になったんで、古い資料とかをしまい込んであるの」

と、石田ユキは言った。「少し埃《ほこり》っぽいけど、我慢してね」

少しじゃなくて、大分埃っぽい所だった。しかし、差し当り石津としては辛抱するしかない。

その小部屋は、石津など少し頭を低くしないと上がつかえそうだ。ちょっと人が隠れられるとは思えないような場所だった。

「――でも、中は少し広いでしょ？　みんなここの奥までは入らないの」

と、ユキが小声で言う。

確かに、入口から覗《のぞ》くと、段ボールがびっしり詰っているようで、とても入る気になれない。

しかし、却《かえ》ってそのせいか、奥の方のスペースが空いたままになっている。石津たちはそこへ入りこんでいるのである。

「――君はよく知ってたね。こんな所が空いてるって」

と、石津は言った。

「うん……」

ユキは少し沈んだ声で、「一人で泣きたいときはね、ちょうどいいの」

と言った。

――石津とユキは、大塚貴子に怒られないように気を付けながら、ショールームの中をあちこち捜し回った。

どこかに石津がホームサウナで見た死体があるはずである。

しかし、結局、見付けられなかった。それに、大塚貴子の目につく場所は捜せないのだ。

そこで石田ユキが、

「ショールームが閉まるのを待とう」

と言い出したのである。

きっと、ショールームを閉めてから、死体を運び出すに違いないというわけだ。

「ショールーム、もうじき閉まるわ」

と、ユキが言った。「ポロンポロン、ってオルゴールの曲が流れるから分る」

「何時に鳴るの？」

と、石津が訊《き》く。

「五時」

何しろ、小部屋の中は真暗で、何も見えない。

「五時か……」

と、石津が呟《つぶや》く。

「どうかしたの？」

「あ、いや――。ちょっと仕事でね、約束があって」

本当は〈宝くじ夕食会〉だが、そうは言いにくい。時間は六時半ということになっているが、何しろこのビルの地下。すぐ近くだから、行くのに一分とはかからない。

でも、ここにいて、埃だらけになっていると、店の方で入れてくれないかもしれないと思い付くと、石津は心配で急に腹が空《す》いて来た（？）。

「――あれだ」

と、ユキが言った。

遠くで、「夕やけこやけ」のメロディが聞こえ、何を言っているかまでは聞き取れないが、アナウンスの声が響いていた。

「後は、大塚さんが責任者だから、一人で残るのは簡単。誰だって、『早く帰っていい』って言われりゃ、帰るわよね」

「君は、行方不明のままってことになるよ」

「初めてってわけでもないし。黙って帰っちゃったんだろうな、って思うでしょ。——一人になったら、きっとどこかに隠しといた死体を運び出すわ」

と、ユキは言った。

「夕やけこやけ」のメロディが、「殺人」なんていう殺伐とした事件と妙にちぐはぐで、石津はとても殺人犯を逮捕するのだという緊張感が持てなかった。

「君……泣くときにここへ来るって言ったね」

と、石津は言った。「そんなこと、ちょくちょくあるのかい？」

ユキが黙り込んだ。暗がりの中でも、目を伏せているらしいことが分った。

「——私って、子供だから」

と、ユキは言った。「何かあるとすぐ泣いちゃうの」

「そうか……。大変だね」

「ちっとも」

と、ユキは笑った。「人から見たら何でもないようなことが、とんでもなく大変なことに思えるのよ」

「いや、そりゃ誰だってそうだよ」と、石津は言った。「ある人にとっちゃ、高い所へ上るのが死ぬほどいやだったりするし、別の人は——ご飯が遅れて腹が空くのが辛かったりするし」

例の出し方が、石津らしいと言うべきかもしれない。

「そうね……」

「そうだろ？　誰だって、みんな自分の中に人に知られたくない弱い所を持ってるんだ。だからこそ他のことで頑張ろう、って気になるんだよ。——下らない悩みなんてものはないさ。当人にとってはどれも真剣なんだからね」

——しばらくの間、ユキは黙っていた。

もう、「夕やけこやけ」の音楽はやんでいた。この小部屋にいると、シンとして、何の音もしない。

「ありがとう」

と、ユキが言った。「石津さんって、いい人ね」

「あんまり言われたことないな。——ともかく、元気出して」

「ええ……」

ユキがどうして今寂しげにしているのか、石津には分らなかった。

そのとき、遠くでガシャーンという音がして、ユキがハッと息をのむのが分った。

「——表のシャッターの閉まる音だわ」

と、ユキが言った。

「じゃ……」

「じき、大塚さん一人になるわ」

と、ユキは言った。

「でも——分るのかい？　一人になったかどうか」

「ええ。ここからだと、裏手のドアの音が聞こえるの。何回聞こえたか、数えておけば、何人帰ったか分るわ。——四人帰れば、大塚さん一人になった、ってことだわ」

「四人か……」

と、石津は言った。

——じっと暗がりの中で待っていると、何だか腹が空いてくる。いや、そうじゃない！

何だか何もかも夢のような気がしてくる。

死体を見付けたことさえも……。いや、あれは確かな事実だ。

石津がいくら空腹でも、あんな幻は見ない。あの死体が原口充子という女性のものだとして……。

ドアが開閉する音が聞こえた。

「二人」

と、ユキが言った。

このショールームのどこかに隠してあるのだろうか? しかし、どこに?

あのとき、死体を見付けてから、どれくらいの時間があったか。

大塚貴子は、なぜあんな所へ死体を置いたのだろう? 一時置いておくにしても、いつ見付かるか分らない場所ではないか。

「三人」

と、ユキが言った。

そうだ。考えてみればおかしい。「——三人」

だって——石津に、「二階へどうぞ」とすすめたのは、大塚貴子である。

たった今、死体を置いて来たのに、わざわざそこへ人をやろうとするだろうか。

ドアの音が、また聞こえた。

「——四人」

ユキの声は少し震えていた。「石津さん?」

「ここにいるよ」

「元の所にいる?」

「うん、すぐそばにいる」

「そう……」

ザッと何かがこすれる音がした。

ユキが、重いレンチをつかむと、高く振り上げ、石津のいる辺りめがけて、振り下ろした。


「――ユキさん」

と、声がした。「石田さん？」

カチッと音がして、光が投げかけられる。

「まぶしい」

と、ユキは手を目の前にかざした。

「ごめんなさい。――大丈夫？」

「ええ……」

ユキは、汗をかいていた。懐中電灯の光に顔がギラつくように光った。

「あの刑事は？」

「そこに――」

と指さして、「――いない！」

段ボールの角がボコッとへこんで、中で何かが壊れているようだった。

「逃げたの？」

「でも――確かに当ったと思ったんだけど」

そのとき、小部屋のドアがバタン、と音をたてた。

「逃げたんだわ！」

「どうしましょう」

ユキが青ざめる。

「追いかけて！　見付けるのよ」

「でも――」

「あなたを逮捕させやしないわ」

と、大塚貴子は言った。「さ、急いで！」

二人は小部屋から出た。

ショールームの中も照明は消されていたが、小さな明りはあちこちに点《つ》いているので、見えないことはない。

「どこにいるのかしら」

と、ユキは言って、左右を見回す。

「出入口はロックしてあるわ。出られないように。――見付けられるわよ」

「でも……」

「心配しないで」

と、貴子がユキの手を握る。「さ、そのレンチを貸して」

「ええ」

貴子がレンチを握りしめて、

「明りを……。そう。照らしてね、ちゃんと。どこかその辺に隠れているわよ」

二人はショールームの中を歩き出した。

二階の方でゴトッと音がした。

「上だわ」

「大塚さん……」

「ついて来て。――大丈夫よ。私に任せて」

貴子は先に立って階段を上って行った。

――バスタブや洗面台が、薄明りの中で鈍く光っている。

「相手、刑事さんですよ」

と、ユキは言った。

「刑事が女性を襲ったって、不思議はないわよ。原口さんが、刑事に言い寄られて困ってると言ってたって、私たちが証言すれば……」

「それで通りますか？」

二人は、ゆっくりと進んで行った。

「死人に口なし。――刑事さんには気の毒だけど、死んでいただくのよ」

二人は足を止めた。

妙な音が――グーッとか、グルグル、といった音が聞こえた。

「あれ、何？」

「さあ……」

ユキは首をかしげて、「――もしかして」

またグーッという音。

「ここね」

と、貴子は言った。「出てらっしゃい」

ホームサウナのドアがゆっくりと開いた。

「やれやれ」

石津はため息をついて、「腹が空《す》くとやかましいや」

「お腹が鳴ったの？」

と、貴子が呆《あき》れたように、「呑気《のんき》な人ね」

「馬鹿な真似はやめるんだ。――原口充子を殺したのは君だな」

石津の言葉に、ユキが目を伏せた。

「私……原口さんに可愛がられてたんです。それなのに……原口さん、男の人と……。それで大喧嘩《おおげんか》になったの」

「黙ってなさい」

と、貴子が言った。「あなたのことは私が守ってあげる」

「僕がここで死体を見付けて、君は怖くなって給湯室へ逃げ込んだ。その間に、あんたが死体を動かしたんだね」

「ええ。受付のカウンターの下にね」

と、貴子は言った。「私が座ってれば、誰もあんな所、覗《のぞ》かないわ。ちゃんと段ボールで隠したし」

「人が一人死んだんだ。——君は悪い子じゃない。やり直せるよ」

「石津さん——」

「黙って!」

と、貴子がレンチを握りしめると、身構えた。

「やめて!」

ユキが石津の前へ、両手を広げて飛び出したのと、レンチがヒュッと音をたてて振り下ろされたのと、同時だった。

「おい!」

と、石津が怒鳴ると同時に、バキッと骨の砕ける音がした。

19　危　機

「もういいかい?」

と、ドアを開けて、あずさは部屋の中を覗き込んだ。

「何してるんだ」

と、内海は笑った。

「お二人にしといてあげたんじゃない」

と、あずさと昭子はスイートルームのリビングへ入って来た。

「どうする、あずさ?」

と、咲子は言った。

内海と咲子がお風呂《ふろ》へ入るというので、あずさたちは気をきかして、下のラウンジへ行っていたのである。

内海と咲子はホテルのマーク入りのバスローブを着て、さっぱりした様子だった。

「どうするって、今決めなくても——」

「そうじゃなくて、お風呂に入ったら?」

「あ、そうか」

あずさは時計を見て、「もう六時？」

「そう。——ルームサービスを頼みましょ」

「うん！」

と、あずさは張り切ってメニューを持って来る。

あれがいい、いやこっちかな、と散々もめてから、やっと注文するものが決る。

「じゃ、あずさ、お風呂へ入っといで」

と、咲子が言った。「その間に注文しとくわ。少し時間がかかるでしょ。きっとちょうどいいくらいよ」

「うん、そうしようかな」

あずさは、伸びをした。「昭子さん、まだいてくれるんでしょ」

「ええ。しっかり晩ご飯を食べてくから」

「出るまで待っててよ」

と、あずさは言って、バスルームへ行こうとする。

「あずさ」

と、咲子が袋を渡して、「これが着がえ」

「はい」

三毛猫がトコトコとついて来る。「——お前も入る?」

「ニャー」

と、三毛猫が鳴いた。

あずさがバスルームへ入って行き、咲子は電話を取って、ルームサービスで夕食を注文した。

——あずさは、バスルームの広いことに目を丸くした。

「すてきだなあ。——こんな家に住めたらいいね」

と言って、着がえの入った袋を洗面台に置き、大きなバスタブには湯を張るのに時間がかかりそうだから、先に湯を出しておいて、大きな鏡の前で髪の毛をまとめる。

お湯の音が、バスルームを満たすようで……。

あずさは、服を脱いで行った。

「——あんまり見ないで」

と、あずさは少しおどけて言った。

三毛猫は、洗面台の大理石の上に、しっかり「正座」という格好で座って、じっとあずさの方を見ていた。

「やせっぽちだもんね」

と、あずさは裸になって、チラッと鏡に映る自分の姿へ目をやった。「ま、十四だもん、しようがないよね」

「ニャー」

と、三毛猫は鳴いて、ちょっと前肢《まえあし》を伸すと、着がえの入った袋をつついた。

「どうしたの？」

「あずさは、また奇妙な感じに捉《とら》えられていた。この猫が、何かを言っているかのような
――。

あずさは、裸ではさすがに肌寒いので、バスタオルを体に巻くと、その着がえの入った
袋を開けて中を出してみた。

真新しい下着だ。――どれも、新品で、しかも真白。

「ちゃんと買ったんだなぁ、新しいの」

と、あずさは言った。

そう。――死ぬときは、ちゃんときれいな下着を身につけて、と思ったんだろう。

あずさは、その白さがまぶしいような下着を手にして、鏡を見た。純白の明るさが、さらに目にまぶしく飛び込んでくる。

あずさはドキッとした。

その下着の白さが、あずさに「死」を実感させたのである。自分が死んでいる姿が目の前に見えたような気がした。

そして、あずさは凍りついた。

じっと自分を見つめている、三毛猫の視線を感じながら……。

——リビングでは、内海が封筒に現金を入れて、

「これでいいだろう。——テーブルの上に置いておけば分る」

「そうね」

と、咲子が肯《うなず》く。「余分に入ってるんでしょ？」

「ああ、もちろんだ。ホテルへの迷惑代としては安いだろうが、勘弁してもらおう」

内海がテーブルの上に封筒を置くと、チャイムが鳴った。

「ルームサービスでございます」

と、ドア越しの声。

「あら、ずいぶん早いわ」

と、咲子が言った。「あずさ、まだ入ってるでしょ」

「少し冷めてもしょうがないさ」

と、内海はドアの方へ歩いて行った。「今、開けます」

内海はドアを開けた。

——こんな所で？

晴美は面食らった。

金の受け渡しというから、どこか人気《ひとけ》のない公園とかを想像していたのだが、メモの通りにやって来てみれば――。

名前だけは洒落《しゃれ》たカタカナ名前だが、中身は広い大衆食堂。

「食券を買って下さい」

と、入口で無愛想な女店員に言われてしまった。

「どこで買うの？」

「そこの自動券売機です」

千円札を入れて、とりあえずカツ丼のボタンを押す。券とおつりが出て来て、やっと中へ入ると――ゴーッと人声が渦を巻くよう。

何百人入れるのだろう？

確かに安い。勤め帰りのサラリーマンやＯＬの姿も結構見えて、席はかなり埋っている。

晴美も、席を選ぶほどの余裕もなく、空いた席に腰をおろした。

――こんな所で、とびっくりはしたが、考えてみれば、こういう場所なら、まず気付かれることはあるまい。空いた席に金の入ったブリーフケースか何かを置き、相手はそれを持って行くだけ。一人として気付く人はないだろう。

――克彦はどこにいるのだろう？

初江を人質に取られているのでは、晴美も警察へ知らせることもできず、ここまで一人で来てしまった。

克彦は一足先に出て、電話の男から拳銃《けんじゅう》を受け取っているはずだ。

晴美は、ここへ来れば何とか止められると思っていたのだが……。こんな所だとは考えもしなかったのである。

「いいですか？」

と、隣の空いた席に、男が一人来て言った。

「どうぞ」

と、晴美は言って、ふと――今の声は、あの電話の声だ！

「静かに」

晴美のわき腹に、硬いものが押し当てられた。晴美の心臓が飛びはねる。

「――勇ましい女だ」

と、その男は笑って、「ここは一つ、邪魔せずに見物するんだね」

「どうする気なの」

と、晴美は言った。

「あんたは黙って見てりゃいい。――断っとくがね。俺は人を殺すのに慣れてるよ」

本気だ。――晴美はゾッとした。

そのとき、店に克彦が入って来た。入口でやはり女店員に止められている。

晴美は、ゆっくりと広い食堂の中を見渡した。——相手はどこにいるのか？

あのビルの中で会った男は、たぶん仕事を「請け負った」側だろう。頼んだ側が請け負った側に支払いをする。それがこの場所だ。

しかし、頼んだ側としては、払わずにすめば、それに越したことはない。しかも、万一請け負った人間が捕まったときは、自分たちにも警察の手が伸びるのだから、「死んでくれれば」——その方が助かるのである。

ということは、晴美に今、銃をつきつけている男は、「頼んだ側」の雇った人間ということになる。

克彦が、ゆっくりと店の中を歩いて行く。

たぶん、この男から、「殺す相手」の写真を見せられているのだ。そして、その顔を捜して歩いている……。

克彦がしくじっても、この男がいる。そして、克彦はたとえうまくやったとしても、結局、消されることになっているのだろう。

克彦が、あるテーブルのそばで足を止めた。そこには、メガネをかけた、どこにでもいそうなサラリーマンが座っていた。

あれが？——とてもそんな風に見えない。

克彦も、「請け負った側」の人間には違いないが、そのまた「下請け」みたいなものだ。しょせん、頼んだ人間の顔を知らないのである。

克彦が、ゆっくりと足を進めて、メガネの男の背後へ回る。

馬鹿！　向うだって、気付いていないわけはない。やられるよ！

晴美は腰を浮かそうとした。

「じっとして」

と、男は言った。

ラーメンを大きなトレイに三つものせて、フウフウ言いながら女店員が運んで来た。

放ってはおけない！　晴美は、一か八か、足をサッと出して、女店員の足を引っかけてやった。

「キャッ！」

計算したように、熱いラーメンが男の上に落ちる。

「ワッ！」

と、男が飛び上った。

晴美は、立ち上るなり、座っていた椅子を振り上げ、男の上に打ち下ろした。ガツンと手応えがあって、男は床に崩れるように倒れる。

「克彦！」

晴美は駆け出した。「やめて！」

次の瞬間、銃声が店の中に響き渡った。


シャワーの音がやんだ。

「そろそろ出て来るようだな」

と、男は言って、ニヤリと笑った。「可愛い娘に会うのは楽しいもんだ」

内海は、必死でもがいたが、どうにもならない。

あの借金とりの男が、ヤクザを三人連れて押し入って来たのである。抵抗する間もなく、内海も咲子も、そして昭子も縛り上げられ、口には猿ぐつわをかまされて、声も上げられないのだった。

「――お前らのせいだぜ」

と、男は咲子の胸をつついて笑った。「おとなしく言う通りにしてりゃ、何もなかったのによ」

男は、立ってバスルームのドアを眺めた。

「――きちんと礼はさせてもらうぜ。お前らの目の前で、娘をいただく。よく見とくんだな」

内海が呻《うめ》いた。咲子が目を伏せる。

「それから、女房とこの女だ。旦那《だんな》の前で、たっぷり可愛がってやる」

と、男は言った。

「――ママ」

と、ドア越しに、あずさの声がした。「出るよ。もうルームサービス、来た？」

そこへチャイムが鳴って、

「ルームサービスでございます」

と、声がした。

男は舌打ちして、

「おい、受け取っとけ」

と、一人に言った。「中へ入れるな。こっちが見えないようにしろよ」

ヤクザの一人が、ドアの方へ行って、

「ちょっと待て」

と言いながらドアを開けた。

同時に、そのヤクザがはね飛ばされてひっくり返った。

ドドッと警官が五、六人駆け込んでくると、唖然《あぜん》とする男たちを床へねじ伏せてしまった。

「――ママ！」

ドアを開けて、あずさが飛び出してくる。「大丈夫？」

急いで、みんなの手首の縄をとく。

「——あずさ！」

咲子が、娘を力一杯抱きしめた。

「結構バスルームに聞こえるんだよ。ここの声って」

と、あずさは言って、手錠をかけられている、あの借金とりを見た。

「こいつ！」

と、あずさをにらんで、「憶《おぼ》えてやがれ！」

「うん。ちゃんと憶えてる」

あずさは、男を真直ぐに見返して、「怖くなんかないよ」

「あずさ……」

「パパ。——ね、ママ。せっかく助かったんだよ、私たち」

「助かった……」

と、内海が呟《つぶや》く。

「自分たちの力でさ。ね、やり直してみようよ」

と、あずさは言った。「死んだ気になって。——きっと、やれるよ」

内海と咲子が顔を見合せ、咲子は泣き出した。

「──偉いわ、あずささん」

と、昭子が言った。「私まで助けてもらって」

「お礼はこの猫に言って」

と、あずさは足下の三毛猫を見て言った。

そう。様子がおかしいことに気付いたのはこの猫である。そして、バスルームにもちゃんと電話があり、シャワーを出しておいて、あずさはフロントに連絡を取ったのだった。

「──あずさ」

と、内海は娘の肩を抱いて、「お前は勇気がある。──父さんたちも、やってみよう」

「ニャー」

と、三毛猫が鳴いて、タタッとドアの方へ行くと、振り向いた。

「どこかへ行きたいんだ。パパ、支度して、あの猫を送ってってやろうよ」

「それはいいが……。どこへ送るんだ?」

「ちゃんと猫が教えてくれるよ」

あずさの言葉に、内海は目をパチクリさせた……。

「一時間ほどの遅れだな」

と、西原が言った。「もうじきだ。──おい、用意はいいか?」

「ああ」

と、男が肯《うなず》く。

バスは都心の大きな通りを走っていた。

「――どこへ行くのかしら」

と、中堂百合は言った。

「さあ……。何か、君には申しわけないことをしてしまったね」

と、水野は言った。

「先生――」

「君の気持は分っている。ありがたいとも思うよ。しかし……」

「これであいこです」

「あいこ？」

「ええ」

と、百合は肯いた。「先生、憶えてて下さったでしょ。学生のころ、私が一度、先生のお宅へ電話したこと」

「うん」

「あのとき、私、死のうと思ってたの」

と、百合は言った。「男に捨てられて。――大した男じゃないのに、私は執着していたのね。絶望して、死んでやろうと……。悲しくて死のうとしてたんじゃなく、その男に仕返しするつもりで」

百合は笑って、

「でも、私が死んだら、その人はきっとホッとしたでしょうね。罪の意識なんて感じるわけのない人だったんですもの」

「そうか……」

「死のうとしたとき、誰かと話したくて。——ふっと、先生のことが浮かんだの。そして、先生がていねいに話し相手をしてくれてるうちに、死のうって気持が消えてたんです」

百合は、水野の手を取った。「——先生。死なないで」

「百合……」

「もし、待ってろ、と言われたら、先生が戻って来るまで何十年でも待つわ」

水野は、窓の外、もうすっかり暗くなって来た風景へと目をやった。

「——おい」

と、男が散弾銃を手に、ゆっくりと通路を進んで来た。

そして、城戸佐和子と里沙子の所で足を止めると、

「どうだ。まだくたばらねえのか」

里沙子は、座席のリクライニングを一杯に倒して寝ている佐和子の額の汗を拭《ふ》いてやっ

ていた。

「――早くお医者に診せないと」

と、里沙子は言った。

「物好きだな。放っときゃいいじゃねえか。お前さんも楽になるぜ」

と、男は言って、「行きがけの仕事だ。仕留めてやろうか」

銃口が上る。――里沙子が佐和子の上におおいかぶさるようにして、

「やめて！」

と叫んだ。「手を出さないで」

「おい……。俺は親切で言ってるんだぜ」

「私の問題は、自分で解決します」

と、里沙子はきっぱりと言った。「どうぞ放っておいて下さい」

男がムッとしたように顔をしかめた。

「おい、余計なことするなよ」

と、西原が言った。

「ああ」

男は肩をすくめ、「女は分らねえ」

と、通路を戻って行く。

「殺させりゃ良かったじゃないの」

と、佐和子が言った。「あんたは、私が死ねばいいと思ってるんだから」

里沙子が、それを聞くと、キッと眉《まゆ》を上げて、

「甘えるのもいい加減にして！」

と、怒鳴った。「死ぬのまで人の手を煩わせるの？　とんでもない！　手伝うもんですか。一人で死んで！」

佐和子が目を丸くしている。――バスの中の客たちも、一瞬、恐怖を忘れて啞然《あぜん》としていた。

「――よし、そこだ」

と、西原が言った。

片山は、バスが都心の大きな公園のわきへ寄せて行くのに気付いた。

「これは……」

同じような観光バスが、十台以上もズラッと並んでいる。――ここは観光バスの集合と解散に使われる場所なのだ。

「どうなるの？」

と、恭子が訊《き》く。

「これじゃ、どのバスか迷うだろう。万一、バスを間違えたら大変だ」

片山は、犯人が金を手に入れて、逃げてくれた方がいいと思っていた。今は乗客の命が最優先だ。

しかし、果して犯人がおとなしく逃げるかどうか……。みんな犯人の正体を知っているのだ。

「おい」

と、西原が言った。「車が停ってる。——邪魔だな。追い出せ。クラクションを鳴らして」

観光バスの停車するスペースに、小型の乗用車が駐車しているのだ。クラクションが鳴ると、乗用車がスッと道へ出た。

「よし、そこへ入れろ」

と、西原が言った。

バスは、ゆっくりと空いたスペースへ車体を滑り込ませて行ったが——。

突然、一旦《いったん》道へ出た乗用車が猛然とバックして来た。

「危い！」

と、運転手が叫ぶのと、ぶつかるのが同時だった。

バスの車体が大きく揺れて、窓ガラスが砕ける音。

西原と、もう一人の男もあおりを食らって引っくり返った。散弾銃が床へ落ちる。

片山がパッと立ち上った。

しかし、水野の方が近かった。身を投げ出すようにして、散弾銃をつかむ。

「おい！」

と、男が怒鳴った。「よこせ！」

西原が起き上って、拳銃を構え、水野を狙った。

「先生！」

と、百合が叫んだ。

片山は水野の上におおいかぶさるように身を投げ出した。

銃声がした。そして、衝突のショックで開いていた扉から誰かが飛び込んでくると、ゴーンという音が聞こえた。

「――君」

と、片山は目を丸くした。

辻信子が、野球のバットを手に、息を弾ませていたのだ。西原がバットの一撃を食らって、床にのびている。

「片山さん！　良かった！　無事だったんですね」

片山は、逃げようとする男へ、

「待て！」

と、声をかけた。

男はバスを飛び降りて、駆け出したが、たちまち現われた警官たちに押え込まれてしまった。

「——先生」

水野が、ハッと息をのむ。百合が膝《ひざ》をついて、倒れかかって来た。

「百合……。撃たれたのか！」

「先生——」

百合は、水野の腕の中へぐったりと崩れ落ちた。

「——命は取り止めるでしょう」

と、近所から呼ばれて駆けつけて来た医師が言った。「あとは、大きな病院で頭の傷をよく調べてもらうんですな」

「どうも……」

石津は、救急車へとストレッチャーで運ばれて行く石田ユキを追いかけた。

「しっかりしろよ」

と、並んで歩きながら声をかける。

「石津さん……」

痛み止めのせいか少しボーッとしているユキは、肩の骨が砕け、頭のわきにもレンチで受けた傷があるので、頭も包帯でグルグル巻きにされていた。

「話さなくていいよ」

「でも――ずっと、騙《だま》したりしてごめんなさい」

と、トロッとした目で石津を見上げて、「だけど――嘘じゃなかったの。本当に……あなたのことだけは……」

「分ってるよ」

と、石津は肯《うなず》いて、「何もかも正直に話すんだよ、傷をみてもらってからね」

「ええ……」

ユキは呟《つぶや》くように言って、「死体がなくなってるのを見て、私、びっくりした。そこへ……大塚貴子さんが来たでしょ。あのとき、メモをこっそり渡されて……。指示する通りにしたら、助けてあげると……」

救急車が後ろの扉を開けて待っている。

「さ、運び込むぞ」

「待って！」

と、ユキが言った。「石津さん――」

「何だい？」

「お願い……、私の手を……握ってくれる？」

とユキは言った。「血で汚れてるけど……」

「どんな汚れだって、落ちないことはないよ」

石津の大きな手が、ユキの小さな手をスポッと包むように握った。

「――ありがとう」

ユキがホッと息をついて、微笑んだ。「また……私が刑務所から出たら、手を握ってくれる？」

救急隊員が、

「もう行かんと」

と、声をかけた。

「お願いします」

と、石津は言った。「あんまり――揺れないように運転してやって下さい」

ユキの姿が救急車の中へ消えて、すぐにサイレンの音もけたたましく、赤い灯が遠ざかって行く。

石津はそれをずっと見送っていた。

ユキの罪は罪として、しかし、あの明るい表情は嘘でなかったと、石津はそう思いたかった。

「——石津刑事さんですね」

と、若い刑事が声をかけて来た。「お話をうかがってもいいですか」

「はあ、どうぞ」

と、石津は言って、「次の約束があるんで、早めに。よろしく」

と、頼んだのだった……。


刑事に伴われて、初江がやって来た。

「初江さん！　大丈夫だった？」

晴美は駆け寄った。

「はい……。薬のせいで少しボーッとしてますけど」

警察署の中はごった返していた。

——あの金の受け渡し場所に指定されていた食堂には、何十人もの刑事が、客として入りこんでいた。そして、銃声と共に一斉に立ち上って——。

どうしてその前に何とかしなかったのか、と晴美は思ったが、あの人ごみの中では仕方なかったかもしれない。

「——克彦さんは？」

と、初江が訊《き》いた。「あの人、大丈夫ですか？」

「初江さん」

晴美は、初江の肩に手をかけて、「克彦は——あなたのご主人はね、あなたを助ける代りに人を殺せと言われたの。でも、どうしてもできなかったのよ」

「あの人に……そんなこと、できっこないわ！ 包丁使っても、指切る心配ばっかりしてる人なのに」

「そうね。そういうタイプね」

と、晴美は肯いて、「で、撃たなかったけど、その代り、相手に撃たれて……」

初江がサッと青ざめる。晴美はあわてて、

「大丈夫！ 命は取り止めたわ。でも、当分入院でしょう。あなた、大丈夫？」

「はい」

と、初江は力強く肯いて、「ちゃんと一人で、子供二人の面倒をみます」

「二人？」

「お腹の子と、克彦さんです」

と言って初江はニッコリ笑った。

「そう！ 頑張ってね」

と、晴美は力づけた。

「本当に……お世話になって」

「いいのよ。ま、克彦はほとんど知らなかったんだから、そう長い刑になることはないでしょ」

「いつか、会いに来てやって下さい」

「そうね。でも……」

と、晴美はちょっと笑って、「向うが会いたがらないかもしれないわ。そういう人でしょ」

「ええ。──晴美さん、あの人のこと、よく知ってますね」

「まあね」

晴美は肯いて、「昔の知り合いと良く似てるのよ、あの馬鹿は」

と言ってやった……。

エピローグ——夕食会

栗原は時計を見て、

「遅いな」

と呟《つぶや》いた。

六時半の約束なのに、もう一時間も遅れている。しかも、一人も来ていないのである。

自分が間違ったのかと思ったが、そうではないようで、レストランの人間も心配そうだった。

「——お一人、おいでになりました」

と、個室へ支配人が顔を出したとき、栗原はホッとした。

「やあ、来たか」

「どうも……」

石津は頭を下げ、「——ごぶさたして」

「いや……。一人か？」

「はあ」

「そうか。――どうしたのかな、みんな？」

と、栗原は首をかしげて、「そういえば、この上で何かあったらしいな。ま、今夜は仕事のことは忘れよう！」

石津は、力なく椅子にかけた。

石田ユキは重体で運ばれて行き、大塚貴子は連行されて行った。

ユキを助けられなかったこと……。石津は悔んでも悔み切れなかった。

ドアが開いて、

「――あ、遅くなりまして」

と、晴美が言った。

「やあ、今夜はありがとう」

と、栗原が言うと、

「いいえ……。石津さん、ごめんね。待たせて」

「いえ、とんでもない」

――晴美は、くたびれ切って、椅子にかけた。

克彦……。

何とか命は取り止めても、回復には時間がかかるだろう。

小林というスーパーの部長が、ギャンブルの借金がかさんで、人を雇って金を奪わせようとしたということだった。

結局、晴美のことを知らずじまいになったが、それはそれでいい。初江が克彦を立ち直らせてくれるだろう……。

そこへ、

「——失礼します」

と、ドアが開いて、女の子が入って来た。

「あら、あなた」

と、晴美が目を丸くして、「ホームズを連れてった……」

「ホームズっていうんですか、この猫」

「ニャー」

と、ホームズが少女の足下から鳴いた。

「どこへ行ってたのよ！」

と、晴美が駆け寄って、ホームズを抱き上げた。

「この猫が心中しようとしてた、私たち一家を助けてくれたんです」

と、女の子は言って、「私たちの命の恩人です」

「そう……。ちゃんと分ってついてったのね」

「すてきな猫ですね！」

女の子は、ホームズの鼻先にキスして、「あのスーパーの所へ行ってみる。ミケがいそうな気がするの。あんたが教えてくれたのかしらね。――じゃあ、さよなら！」

と、駆けて行った。

そして、女の子と入れかわりに片山がやって来た。

「お兄さん、遅かったわね」

「うん……」

片山は、他の二人にも増してくたびれて見えた。

「おい、片山、大丈夫か？」

「課長！　遅くなってすみません」

片山はドカッと椅子にかけた。

「いや、ともかくこれで揃ったか。心配したぞ」

栗原はホッとした様子で言った。

「はあ……」

乗っ取り犯は捕まった。――犯人たちは、バスに乗客を乗せたまま火をつけるつもりだったと知って、片山は改めてゾッとした。

中堂百合は重傷だが、急所はそれているということなので、何とか助かりそうだ。城戸佐和子も救急車で運ばれて行ったが、あっちはまだ当分長生きするだろう。

しかし、嫁の里沙子の方も、見かけよりずっと逞《たくま》しい。

「そうだ。片山、水野って奴のことを言ってたな」

「はあ」

「水野の婚約者は妊娠してたんだが、自分の子じゃないと分って、それで水野はカッとなったらしい。――捕まっても、多少は事情を考慮してもらえるだろう」

「――そうですか」

栗原は不安げに、

「どうした、おい？　何だかみんな元気がないな」

と見回して、「何かあったのか、変ったことでも？」

片山は栗原を見て、

「変ったこと、ですか。――いえ、別に。晴美、お前は？」

晴美は、一旦《いったん》口を開きかけて、ためらってから言った。

「私？　まあ……どうってことはないの。――そう。大したことじゃないの。石津さんは？」

「はあ……。まあ……別に大したことじゃ……」

と、ボソボソ言っている。

栗原は一人元気で、

「それなら、大いに食べよう！　今日一日の平和に感謝して、だな」

「ニャー」

栗原に賛成したのは、ホームズだけだった。

しかし、食事が始まれば、少なくともあと一人は元気になることを、片山も晴美も分っていたのである……。

解説

香山二三郎

安息日といっても、ピンとこない人が多いかもしれない。

簡単にいえば休日のことだが、単なる休日ではなく、本来ユダヤ教やキリスト教における休息日を指す。ユダヤ教的には、いっさいの業務・労働を停止して神の安息にあずかる日ということで、早い話、この日は働いてはいけない。遊びも控え、お祈りと休息に充てる日なのだ。

もちろん、本書の「安息日」にはそんな厳格な宗教的意味合いはない。ただ現代人には休める日があるようでなかったりする。昨今は日本全国、年中無休、二四時間営業をうたったお店が少なくない。休日返上で働き続ける人も珍しくないし、休みになったらなったで家族サービスにこれ勉《つと》めなければならない。ユダヤ教徒、クリスチャンならずとも、週に一日くらい、じっくり休んで英気を養いたいと願っている向きは多いに違いない。

本書の初刊本、カッパ・ノベルス版の「著者のことば」でも次のように記されている。

このタイトル「安息日」は日曜日のことではなく、「何ごともないお休みの一日」のことだ。ホームズを始め、片山、晴美、石津、とみんなが楽しみにしていた〈夕食会〉の日、まるでそれを祝福するように色々な事件が起きる。しょせん、このシリーズの主人公たちに「安らぎの日」はないのである。

してみると片山ファミリーこそ、日本でいちばん安息日が必要とされる人々なのかも。本書でも、よりによってその貴重な一日に、メンバーひとりひとりが別々のトラブルに巻き込まれる羽目になるのだから……。

発端は片山義太郎の勤める警視庁捜査一課の面々が宝くじで一〇〇万円を当てたことだった。いつもなら片山はグループ買いの仲間に入っていなかったのだが、今回はたまたまその場にいなかった栗原一課長の代役として加わり、見事に大当たり。

傷心の上司を気づかう片山は妹・晴美の提案で賞金をもらうかわりに栗原を夕食会に招待することにするが、その当日、片山は新幹線で出会った娘に逆ナンパされ、逃げようとして「東京名所巡り」の観光バスに乗り込んでしまう。晴美はスーパーに買い物にいった帰り、武装強盗一味の勘違いから仲間にされてしまい、ホームズはホームズで借金苦で家族心中しようとしている一家を見過ごせず、彼らの面倒をみることに。いっぽう夕食会に招待された石津刑事も、時間つぶしに立ち寄った水回り関係のショールームで刺殺死体を発見するのだった……。

つまり、お人好《ひとよ》しで押しが弱く、女性にも弱い片山と石津はそれゆえにセッパ詰まった情況に追い込まれ、才気煥発《かんぱつ》、行動力旺盛《おうせい》な晴美とホームズはそれとは逆に、自らトラブルの渦中に飛び込むことになるわけだ。初めてこのシリーズにふれる人でも、片山チームのキャラクターがよくわかるといおうか、まずは女尊男卑⁉の赤川ワールドに相応《ふさわ》しい展開といえようが、著者はそんな片山たちに加え、家族心中しようとしている内海家を始め、婚約者を殺した大学助教授とその元教え子、口やかましい姑《しゅうとめ》と従順な嫁、強盗一味である晴美の幼馴染《おさななじ》み、水回りショールームの元気溌剌《はつらつ》娘等、多彩な脇役を配して各エピソードを交互に推し進めていく。

その展開の妙、とりわけエピソードとエピソードとのつなぎの演出は鮮やかのひと言で、思わずニヤリとしたり、拍手したりする場面が盛り沢山《だくさん》といって過言ではない。

思わず拍手といえば、舞台やTV、映画には、観客の拍手が付いたスタジオ撮りコメディがある。家庭や職場を舞台にお馴染みの面々が毎回おかしな情況に追い込まれる類《たぐい》のお話で、最近の話題作でいえば、二〇〇二年一〇月から翌二〇〇三年三月までフジテレビ系で放映された「HR」がそれに当たるが（夜間の定時制高校が舞台）、この手のドラマをシチュエーションコメディ——略してシットコムといい、ドタバタ調も適度に織りまぜた人間喜劇として特にアメリカで人気を博している。片山ファミリーを主役とする「三毛猫ホームズ」シリーズもまた、上質なシットコムだといったらこじつけになろうか。

「HR」の総合演出・脚本を担当した劇作家三谷幸喜によると、「笑わせることを目的とした舞台には、ふた通りあって、それは普通、喜劇（コメディ）と笑劇（ファルス）と呼ばれています。（中略）コメディとファルスの違いといえば、コメディが、人間を描くことにより重点が置かれているのに対し、ファルスは事件または状況を描くことに徹する、そんなところでしょうか」（『オンリー・ミー　私だけを』幻冬舎文庫）とのこと。

この三谷論にならえば、主要人物がそれぞれトンデモない事件に巻き込まれる本書はファルス主調のドラマに当たろうが、多彩な脇役を駆使したサブストーリーはどれもしんみり、あるいはほのぼのとした読後感で締めくくられている。

一見ファルスとみせておいて、その実シットコムへと収束させる超絶技巧。

本書のいちばんの読みどころも、実はそうした質の異なるお笑い劇を巧みに配合してみせた著者の名ブレンダーぶりにあるのだ。

本書は一九九七年に光文社文庫から刊行されました。

三《み》毛《け》猫《ねこ》ホームズの安《あん》息《そく》日《び》

赤《あか》川《がわ》次《じ》郎《ろう》

平成15年 5月25日　初版発行
令和6年 12月15日　13版発行

発行者●山下直久

発行●株式会社KADOKAWA
〒102-8177　東京都千代田区富士見2-13-3
電話　0570-002-301（ナビダイヤル）

角川文庫 12934

印刷所●株式会社KADOKAWA
製本所●株式会社KADOKAWA

表紙画●和田三造

ISBN978-4-04-187968-9　C0193

角川文庫発刊に際して

角川源義

第二次世界大戦の敗北は、軍事力の敗北であった以上に、私たちの若い文化力の敗退であった。私たちの文化が戦争に対して如何に無力であり、単なるあだ花に過ぎなかったかを、私たちは身を以て体験し痛感した。西洋近代文化の摂取にとって、明治以後八十年の歳月は決して短かすぎたとは言えない。にもかかわらず、近代文化の伝統を確立し、自由な批判と柔軟な良識に富む文化層として自らを形成することに私たちは失敗して来た。そしてこれは、各層への文化の普及滲透を任務とする出版人の責任でもあった。

一九四五年以来、私たちは再び振出しに戻り、第一歩から踏み出すことを余儀なくされた。これは大きな不幸ではあるが、反面、これまでの混沌・未熟・歪曲の中にあった我が国の文化に秩序と確たる基礎を齎らすためには絶好の機会でもある。角川書店は、このような祖国の文化的危機にあたり、微力をも顧みず再建の礎石たるべき抱負と決意とをもって出発したが、ここに創立以来の念願を果すべく角川文庫を発刊する。これまで刊行されたあらゆる全集叢書文庫類の長所と短所とを検討し、古今東西の不朽の典籍を、良心的編集のもとに、廉価に、そして書架にふさわしい美本として、多くのひとびとに提供しようとする。しかし私たちは徒らに百科全書的な知識のジレッタントを作ることを目的とせず、あくまで祖国の文化に秩序と再建への道を示し、この文庫を角川書店の栄ある事業として、今後永久に継続発展せしめ、学芸と教養との殿堂として大成せんことを期したい。多くの読書子の愛情ある忠言と支持とによって、この希望と抱負とを完遂せしめられんことを願う。

一九四九年五月三日